CIÊNCIA NO TEMPO



# GALILEU
## E O NASCIMENTO DA CIÊNCIA MODERNA

Andreia Guerra
Jairo Freitas
José Cláudio Reis
Marco Braga

9ª Edição

Conforme a nova ortografia

Atual Editora

1997

**SARAIVA S.A. Livreiros Editores**
Rua Henrique Schaumann, 270 — Pinheiros
05413-010 — São Paulo — SP


**Dados Internacionais de Catalogação na Publicação (CIP)**
**(Câmara Brasileira do Livro, SP, Brasil)**

Galileu e o nascimento da ciência moderna / Andreia Guerra ... | et al.|. — São Paulo : Atual, 1997. — (Ciência no Tempo)

Outros autores: Jairo Freitas, José Cláudio Reis, Marco Braga.
Bibliografia.
ISBN 978-85-7056-859-5
ISBN 978-85-357-0770-0 (professor)

1. Ciência — Filosofia — História 2. Ciência renascentista — Filosofia 3. Galilei, Galileo, 1564-1642 I. Guerra, Andreia. II. Freitas, Jairo. III. Reis, José Cláudio. IV. Braga, Marco. V. Série.

97-0871 CDD-501

**Índices para catálogo sistemático:**

1. Ciência : Filosofia : História 501
2. Filosofia e Ciência : História 501
3. Renascença : Ciências : História das ideias 501

**Ciência no Tempo**

**Desenvolvimento de produto**

*Gerente:* Wilson Roberto Gambeta
*Editora:* Elena Versolato
*Assessora editorial:* M. Stella S. Oliveira F. Brasil
*Editor de texto:* Noé Gonçalves Ribeiro
*Preparação de texto:* Paulo Sá
*Editora de arte:* *Thaís de Bruÿn Ferraz*
*Pesquisa iconográfica:* Cristina Akisino

**Produção editorial**

*Gerente:* Cláudio Espósito Godoy
*Coordenador de produção:* Milton M. Ishino
*Assistente:* Rosângela F. de Melo
*Revisão de texto:* Maria Luiza X. Souto (coord.)/Maria Cecília F. Vannucchi
*Editor de arte:* Celson Scotton
*Chefe de arte:* Irineu Sanches
*Diagramação:* Renata Susana Rechberger
*Editoração eletrônica:* Silvia Regina E. Almeida (coord.)/Grace Alves

**Produção gráfica**

*Gerente:* Antonio Cabello Q. Filho
*Coordenador de produção:* José Rogerio L. de Simone
*Assistente:* Vilevaldo Miranda Silva
*Impressão e acabamento:* Assahi Gráfica

**Colaboradores**

*Projeto gráfico:* Sérgio Merli
*Capa:* Carlos Estevão Simonka
*Ilustrações:* Douglas Galindo
*Mapas:* Maps World
*Filmes (D.T.P.):* Binhos

9ª edição/11ª tiragem
2015



**SAC** 0800-0117875
De 2ª a 6ª, das 8h30 às 19h30
www.editorasaraiva.com.br/contato

819536.009.011

# SUMÁRIO

*"A ciência, considerada como um projeto que se realiza progressivamente, é, como qualquer outro empreendimento humano, condicionada subjetiva e psicologicamente."*

**Albert Einstein (físico)**

*"... a ciência é valorizada na sociedade como uma instância absoluta, exatamente como Deus é visto pela Igreja. Assim como diziam os padres que queimavam hereges na Inquisição: 'não sou eu, é Deus quem quer'; assim nossos tecnocratas, ao tomarem decisões, dizem que não são eles os responsáveis, mas a ciência."*

**Pierre Thuillier**
**(historiador da ciência)**

# APRESENTAÇÃO

*Este livro nasceu da vontade de ver a ciência sendo ensinada na escola de forma diferente. De uma maneira que faça com que o aluno perceba que a produção do conhecimento técnico-científico é parte da cultura humana, assim como a literatura, a pintura, a música, o cinema.*

*Às sextas-feiras os autores deste livro, todos professores do ensino médio, se reúnem num grupo de estudo denominado* Teknê. *Assim como nos velhos ateliês da Idade Média, onde os artesãos estudavam e trabalhavam o ferro, o bronze, a pedra, no* Teknê *se estuda a ciência, a técnica, a arte e se trabalha a palavra. Lá não só são lidos e discutidos textos de filosofia e história da ciência e da técnica como também são escritos textos didáticos e ensaios, além de serem produzidas experiências educacionais. Nesse trabalho compartilha-se uma grande amizade. O* Teknê *é a forma que encontramos de manter vivo um sonho que alimentamos desde os bancos universitários: continuar estudando, discutindo, escrevendo e, acima de tudo, ensinando de forma criativa. Este livro é dedicado a todos aqueles que nos ajudaram na construção desse projeto de vida.*

***Os autores***

## INTRODUÇÃO

# Para que estudar o nascimento da ciência moderna?

Quando ouvimos a palavra *ciência,* muitas coisas podem vir à nossa mente. A partir das informações que recebemos dos meios de comunicação, como a televisão, os jornais e o cinema, formamos uma imagem da atividade científica. Portanto, antes mesmo de começarmos a estudar as ciências, já temos uma ideia a respeito do que elas são e do que representam nas sociedades modernas.

Os avanços da ciência e da tecnologia estão na base da maioria das questões com as quais nos defrontamos hoje. Basta sintonizarmos um telejornal ou lermos um noticiário para depararmos com temas como crise energética, degradação ambiental, engenharia genética, AIDS, máquinas substituindo o trabalho do homem, etc.

Uma pessoa que queira participar de uma sociedade como a nossa, refletindo sobre seus caminhos e influenciando de forma consciente nas decisões tomadas, não pode ficar alheia a questões relativas à ciência e à tecnologia. Pensar sobre essas questões não deve ser uma tarefa restrita somente a especialistas. A importância desses temas nas nossas vidas é tal que as decisões a serem tomadas devem ser de responsabilidade de toda a sociedade. Portanto, todos nós devemos saber discuti-las.

Mas será que a visão da ciência e da tecnologia que nos é dada através dos meios de comunicação é suficiente para que formemos uma opinião clara a respeito dos problemas sociais decorrentes do conhecimento científico e de suas aplicações?

Muitos poderão até achar que sim. Porém, acreditamos que se devam conhecer melhor os fundamentos das ciências para que se possa opinar sobre o seu papel nas sociedades modernas.

Mas o que é conhecer bem uma ciência?

Quando conhecemos uma pessoa, após a apresentação, em geral começamos a ter uma conversa informal sobre um tema qualquer. A partir das opiniões que ela emite, podemos construir uma primeira imagem do que deva ser aquela pessoa. Às vezes, antes mesmo da primeira conversa, já temos uma ideia formada sobre ela, baseada no comportamento, na maneira de se vestir, nos lugares que frequenta. Entretanto, somente após a primeira conversa essa pessoa entra no rol daquelas que realmente "conhecemos". Se houver algum tipo de afinidade, possivelmente poderemos nos tornar amigos.

Tornar-se amigo, todavia, exige um conhecimento mútuo que não é superficial. Não é um conhecimento que possa ser apreendido numa única conversa. Amigos se conhecem de verdade. É preciso que ele, o amigo, se revele. E para isso é necessário que cada um vá contando para o outro um pouco de sua forma de encarar o mundo, um pouco de sua história.

É aí que desejamos chegar!

Para que possamos conhecer bem a ciência (ou as ciências) e o seu papel nas sociedades modernas, necessitamos conhecer um pouco de sua história. Não daquela história que relata fatos, nomes de cientistas ou datas. Mas da história que busca entender a ciência como uma construção realizada por homens que, através do conhecimento, procuram dar respostas a questões que lhe são postas pela realidade do seu tempo. Isso significa que devemos compreender a produção científica como parte da *cultura*.

Quando estudamos uma ciência, preocupamo-nos em conhecer suas teorias e os problemas para os quais essas teorias dão respostas. Esse tipo de estudo, que está nos livros didáticos, é de suma importância. Mas é somente parte daquilo que chamamos de atividade científica. Estudando apenas isso, ficamos com uma visão parcial da ciência.

**Para conhecermos uma ciência, é preciso que compreendamos os processos de construção de suas principais teorias. Que discussões foram feitas, que divergências foram debatidas até aquela teoria ser aceita pela maioria dos cientistas de determinada época.**

Portanto, se desejamos conhecer a ciência para participar, como pessoas conscientes, da *sociedade* em que vivemos, temos que ir além. Temos que travar com a ciência uma relação de *amizade*, conhecê-la mais profundamente. Transpor a superficialidade.

Neste livro pretendemos desafiá-lo a conhecer um pouco melhor a ciência moderna. O conhecimento dessa nova amiga deverá começar pelo seu "nascimento", isto é, pelos processos que deram origem ao seu surgimento. Vamos mergulhar na história para compreender seus antecedentes. Procuraremos perceber como as relações sociais e econômicas de determinada época foram importantes para que uma nova forma de produzir conhecimentos se estabelecesse. Vamos conhecer também o pensador Galileu Galilei, um personagem cuja atuação sintetiza o processo de nascimento de uma nova forma de conhecer a natureza.

CAPÍTULO 1

# Transformações
## no mundo do trabalho

Muita gente deve estar pensando que quando falamos do surgimento da ciência estamos nos referindo a um tempo muito remoto. Pensaria no momento em que o primeiro homem achou importante investigar os fenômenos da natureza, talvez imaginando que esse homem fosse um habitante das cavernas que desejasse fazer fogo para cozer seu alimento ou se aquecer no inverno. E, nesse caso, o conhecimento das técnicas de fazer fogo poderia ser considerado uma ciência.

Mas aqui não vamos falar da ciência como um saber qualquer. Vamos tratar de uma forma de conhecimento que tem características muito particulares. Por isso, iremos diferenciá-la das outras formas de conhecimento atribuindo-lhe um adjetivo: *ciência moderna*.

Ao longo da história, os homens foram estabelecendo diversos modos de conhecer o mundo. Ao se relacionarem com seu meio, buscando compreendê-lo, os homens criaram diferentes maneiras de desenvolver essa compreensão.

Não só cada época pode ter processos específicos de investigação do mundo natural como, numa mesma época, povos diferentes podem também criar suas formas próprias.

Para um homem da Antiguidade o ato de conhecer era diferente do que é hoje para um homem moderno ocidental. Habitantes de uma ilha do oceano Pacífico não têm, com certeza, as mesmas formas de criar um saber útil ao seu bem-estar quando comparado com um índio da Amazônia, por exemplo. O ato de conhecer, criado por determinada sociedade, pode mudar ao longo do tempo e ser muito diferente em sociedades que vivem numa mesma época.

**O que vamos chamar de *ciência moderna* é uma forma específica de saber, estabelecida pelos europeus no final da Idade Média, baseada num novo projeto de sociedade, e que foi assumida por todas as sociedades ditas modernas.**

Se queremos compreender o processo que deu origem a essa forma específica de conhecer, devemos voltar no tempo — mais precisamente à Idade Média.

O que chamamos de Idade Média foi um período muito longo na história da humanidade: aproximadamente dez séculos. Inicia-se no século V (ano 476) com o fim do Império Romano do Ocidente e termina no século XV (ano 1453) com a queda de Constantinopla. Mas, para compreender o nascimento da ciência moderna, não precisamos conhecer todo esse período. Basta lembrarmos de algumas características da vida dos homens dos últimos cinco séculos.

Procure lembrar da organização econômica desse período: o feudalismo. Existiam os senhores feudais, donos das terras, e os servos, que trabalhavam a terra. A Igreja tinha um grande poder. Os mosteiros medievais eram grandes centros de estudo e difusão de saber.

Talvez você esteja achando que começamos a complicar! Mas conhecer é assim mesmo, exige um constante entrelaçamento de diversos saberes. Prepare-se! Vamos, vez por outra, passear por diferentes matérias. Procuraremos tecer uma teia, como se fôssemos uma aranha, entre vários conhecimentos para que consigamos compreender a ciência moderna sob os diversos aspectos que a constituem.

A Idade Média sempre foi considerada um período de estagnação econômica e cultural. Muitos a chamavam de "idade das trevas". Entretanto, alguns estudos históricos mais recentes vêm derrubando esse mito, por entender que a denominação "idade das trevas" é muito simplificadora para um período de dez séculos. As transformações que ocorreram foram lentas, mas profundas e significativas. É a partir do século XII que elas se tornam mais intensas e começam a preparar aquilo que se convencionou chamar de Idade Moderna.

A intensificação do comércio, que ficou conhecida como "revolução comercial", causou profundas mudanças na vida do homem medieval. É desse tempo que começaremos a falar a partir de agora. Nessa época começaram a ser lançadas as bases da ciência moderna.

# A importância das inovações técnicas

Na Idade Média, a maior parte da população europeia vivia no campo. Os homens passavam toda a sua vida cultivando a terra, utilizando técnicas aprendidas no convívio com os mais velhos. Alguns fatores, entretanto, começaram, pouco a pouco, a transformar as técnicas de trabalho.

Durante as Cruzadas (séculos XI, XII e XIII) muitos jovens oriundos das camadas populares da Europa entraram em contato com outros povos, principalmente aqueles que viviam no Oriente Médio. Ao regressarem à Europa, esses jovens trouxeram novos conhecimentos sobre as formas de vida desses povos orientais. O encontro entre essas duas culturas, a europeia e a oriental, os fez assimilar novas técnicas de trabalho até então restritas aos povos do Oriente.

Por outro lado, a península Ibérica (onde hoje se situam Portugal e Espanha) passou grande parte da Idade Média sob o domínio árabe. Os árabes eram detentores de uma cultura intelectual e técnica diferente da europeia. Eles fundaram em algumas cidades da península Ibérica diversas universidades que se tornaram irradiadoras de conhecimentos.

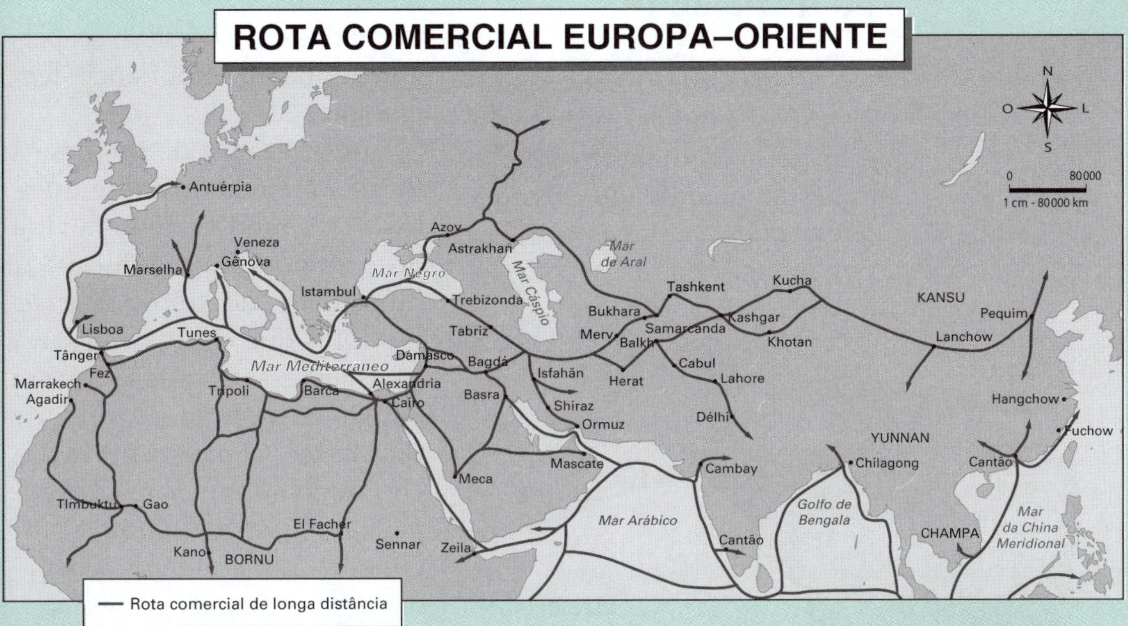


**Diversas rotas comerciais de longa distância interligavam o Oriente e a Europa no final da Idade Média. Uma das mais importantes foi a rota da seda, que ia do Mediterrâneo à China.**

Os árabes, ao dominarem o Oriente, o norte da África e a península Ibérica, criaram uma grande rota comercial pelo norte da África que interligou o Oriente ao oeste da Europa. Nessa rota, passaram não só comerciantes, mas também sábios e preciosos manuscritos. Todo o conhecimento dos povos da Antiguidade que o Ocidente guardara havia sido perdido ao longo de inúmeras guerras e destruições. A biblioteca de Alexandria (cidade situada no norte do Egito), por exemplo, que possuía um gigantesco acervo com mais de 1 milhão de manuscritos, foi destruída por vários incêndios. Grande parte desse saber acumulado na Antiguidade, entretanto, fora preservado pelos povos do Oriente e chegou ao conhecimento dos europeus graças às traduções feitas pelos árabes. O domínio árabe da península Ibérica fez a interligação entre o Oriente e o Ocidente.

Além de um saber letrado, os árabes difundiram também toda a sua cultura técnica relativa aos processos de trabalho. Trouxeram para a península Ibérica muitas das técnicas utilizadas na Índia e na China e que eram conhecidas dos povos do Oriente Médio. Essas técnicas se constituíram em inovações de extrema importância para os europeus. Vamos conhecer essas inovações:

## O atrelamento dos animais e a melhoria do transporte

O cavalo e o boi eram os principais animais utilizados no transporte. Podiam transportar a mesma quantidade de carga, que não devia ultrapassar 500 kg por animal.

O atrelamento era feito de tal forma que o pescoço é que puxava a carga. E, com isso, se a carga fosse muito pesada, o animal corria o risco de morrer enforcado.

Uma inovação técnica mudou por completo esse panorama. A partir de informações trazidas da China, começou-se a atrelar os cavalos pelo dorso, em vez de fazê-lo pelo pescoço. Essa nova forma de atrelamento aumentou muito a capacidade de transporte desses animais.

Talvez você esteja se perguntando que importância tem esse fato.

A utilização de uma nova forma de atrelamento de cavalos e bois mudou muito a vida dos camponeses medievais. A dificuldade de transportar os produtos que cultivavam fazia com que esses homens fossem obrigados a morar próximo de suas terras. Com essa inovação, eles puderam viver mais agrupados, o que ocasionou o surgimento de inúmeros povoados, vilas e novas cidades.

A proximidade das casas faz com que os homens conversem mais, troquem ideias e saibam mais a respeito do que ocorre à sua volta. Se um camponês produz mais do que o necessário para o seu consumo, seus vizinhos logo ficam sabendo. Portanto, é mais fácil que alguém se interesse em comprar esse excedente. Por isso as cidades e as vilas sempre foram lugares privilegiados para a realização de comércio. Com o aumento do número de cidades e vilas, o comércio se intensificou.

Mas não foi só a melhoria dos transportes que permitiu a intensificação do comércio. Apenas uma inovação não teria a capacidade de detonar esse processo. Ocorreram outras.

## A expansão dos moinhos e o aumento da produção

Os moinhos são uma invenção muito antiga. Talvez você já tenha visto algum. Existem muitos tipos de moinhos: moinhos d'água, moinhos movidos por força animal, moinhos de vento, etc.

A grande maioria dos moinhos funcionava utilizando a força das águas (moinho d'água). A sua construção era extremamente complexa, sendo necessário, muitas vezes, usar barragens para represar as águas e tornar seu fluxo mais intenso e controlado.

A difusão desses moinhos, utilizados durante a Idade Média em todo o território europeu, associada a novas técnicas de plantio, aumentou em muito a produção de grãos. Com isso, começou a surgir um excesso de grãos produzidos. E você sabe o que significa um excesso de produção para um produtor? Uma sobra de trabalho. Um trabalho que foi feito para produzir algo que não será consumido. Portanto, esse excedente deve ser trocado por outras coisas necessárias ao produtor, para que se possa aproveitar todo o trabalho de uma forma útil. Logo... novo incentivo ao comércio.

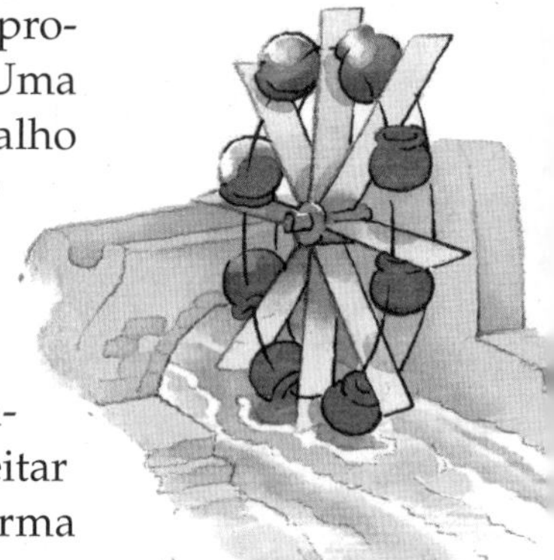

Essas inovações não foram as únicas surgidas no cenário europeu durante a Idade Média. São apenas dois exemplos de como as pequenas inovações podem ir transformando o cotidiano dos homens e a forma como eles se relacionam com seu meio. Para muitos pesquisadores da história da ciência e da técnica, o conjunto das inovações surgidas a partir do século XII constituiu-se numa verdadeira revolução industrial.

Mas o que isso tem a ver com o surgimento da ciência moderna?

# A popularização da matemática e da experimentação

O desenvolvimento do comércio fez surgir a necessidade de uma maior aplicação da matemática. Quando é preciso realizar trocas e utilizar uma moeda como representação do valor de um produto, surge a necessidade de codificar as operações realizadas, tais como contar, medir, etc. Assim, o domínio dos códigos e métodos matemáticos tornou-se imperativo para os moradores das cidades europeias. A matemática enquanto codificação e representação de operações se popularizou.

Essa popularização deu um grande impulso ao estudo da matemática. Vamos procurar exemplificar esse fato: quando se utiliza intensamente uma ferramenta ou se realiza determinado processo no trabalho, procura-se sempre aperfeiçoar a ferramenta ou o processo de trabalho. Busca-se, com isso, diminuir o esforço realizado ou o tempo gasto na tarefa. A necessidade de realizar aquele esforço nos faz buscar formas novas de sua realização. Utilizamos nossa inteligência no aperfeiçoamento da ferramenta ou do processo. A matemática, a partir da Idade Média, tornou-se uma espécie de ferramenta para a realização do comércio. Por exemplo, foi nos séculos finais da Idade Média que surgiu a ideia dos números negativos. Os comerciantes e banqueiros tinham necessidade de representar os lucros e os prejuízos. Convencionou-se, então, representar os prejuízos colocando um sinal de menos à frente dos números.

De modo geral, pode-se dizer que a matemática ganhou as ruas nessa época, assumindo uma importância fundamental na sociedade europeia medieval.

Por outro lado, a difusão de máquinas como o moinho fez surgir um novo tipo de profissional: o técnico-artesão. Esse profissional construía máquinas, consertava-as, forjava peças, etc. A metodologia de trabalho dos técnicos-artesãos era a experimentação. Ao construir qualquer máquina ou peça, era necessário experimentar, testar possibilidades, até encontrar a melhor solução. Isso permitiu que se acumulassem, ao longo do tempo, muitos conhecimentos sobre os materiais e sobre os fenômenos da natureza.

Esses fatos foram de grande importância para o estabelecimento dos dois principais pilares da ciência moderna: *a matemática* e *a experimentação.*

Mas atenção: a realidade social não é tão simples assim como a descrevemos. Ao analisarmos os desdobramentos do cotidiano do homem medieval, queremos apenas chamar a atenção para dois fatos de extrema importância para o estabelecimento de uma nova forma de conhecer. Entretanto, é preciso estar atento para o fato de que a vida dos homens e sua cultura são extraordinariamente complexas. O surgimento de novas ideias não tem apenas uma causa, mas é consequência de uma multiplicidade de fatores.

Na medida em que a matemática foi ganhando importância, mais e mais pessoas foram aprendendo a conviver com ela, passando a incorporá-la à sua forma de pensar e de ver o mundo. A popularização da matemática fez com que o homem me-

dieval convivesse com uma linguagem extremamente precisa. Uma linguagem que não ficava à mercê da relatividade das opiniões.

As populações da Europa medieval começaram a entrar em contato com mecanismos que funcionavam durante algum tempo sem a intervenção humana. As chamadas artes mecânicas (nome dado à ciência da construção de máquinas naquela época) ganharam grande importância à medida que moinhos, relógios e pequenos mecanismos iam sendo construídos.

**O conhecimento da precisão matemática e dos mecanismos foram, pouco a pouco, influenciando a maneira como aqueles homens concebiam o mundo.**

É fácil perceber como os conhecimentos que as pessoas têm influenciam o seu modo de ver o mundo. Experimente conversar com uma pessoa idosa. Procure saber qual a visão que ela tem sobre este nosso mundo. Em geral, um velho e um jovem têm visões diferentes sobre a mesma realidade porque pertencem a gerações diferentes.

Imagine uma pessoa nascida nas primeiras décadas do século XX e um jovem de hoje. O primeiro pode ser o avô do segundo. Pense nas transformações ocorridas ao longo desses quase cem anos, vivenciadas pelo avô: o surgimento do avião, da televisão, dos foguetes espaciais, da bomba atômica, dos computadores, a conquista da Lua, etc. O jovem já nasceu considerando essas inovações como parte do mundo. O avô foi formando sua visão de mundo numa época em que essas coisas não existiam ou ainda engatinhavam. Muitas dessas transformações mudaram por completo a forma de o homem do século XX encarar o mundo.

A conquista da Lua na década de 60 fez com que Gilberto Gil compusesse uma música para mostrar como a visão dos homens a respeito da Lua havia mudado. A Lua deixara de ser a "Lua da poesia" para se transformar na "Lua da razão".

## NOSSO TEMPO

# LUNIK 9

*Poetas, seresteiros, namorados correi*
*É chegada a hora de escrever e cantar*
*Talvez as derradeiras noites de luar*

*Momento histórico*
*Simples resultado*
*do desenvolvimento da ciência viva*
*Afirmação do Homem, normal, gradativa*
*sobre o universo natural*
*Sei lá que mais*
*Ah, sim, os místicos também*
*profetizando em tudo o fim do mundo*
*E em tudo o início dos tempos do além*
*Em cada consciência*
*Em todos os confins*
*Da nova guerra ouvem-se os clarins*

*Guerra diferente das tradicionais*
*Guerra de astronautas nos espaços siderais*
*E tudo isso em meio às discussões*
*Muitos palpites, mil opiniões*
*Um fato só já existe*
*Que ninguém pode negar*
*7, 6, 5, 4, 3, 2, 1, já*
*Lá se foi o Homem*
*Conquistar os mundos, lá se foi*
*Lá se foi buscando*
*A esperança que aqui já se foi*

*Nos jornais manchetes, sensação*
*Reportagens, fotos, conclusão*
*A Lua foi alcançada afinal*
*Muito bem*
*Confesso que estou contente também*

*A mim me resta disso tudo*
*Uma tristeza só*
*Talvez não tenha mais luar*
*Para clarear minha canção*
*O que será do verso sem luar*
*O que será do mar*
*da flor, do violão*
*Tenho pensado tanto*
*Mas nem sei*

*Poetas, seresteiros, namorados correi*
*É chegada a hora de escrever e cantar*
*Talvez as derradeiras noites de luar*

***Gilberto Gil***

Assim, também nos séculos finais da Idade Média (séculos XIV e XV), as transformações ocorridas no cotidiano do homem europeu, nas suas formas de trabalho e de vida, mudaram por completo a sua maneira de encarar o mundo. A ciência moderna surgiu como uma consequência disso.

CAPÍTULO 2

# Da crise
## medieval à nova ciência

Você já passou por uma crise? Crises são sempre momentos difíceis. Ficamos inconformados com algum aspecto de nossas vidas. Queremos mudar, transformar o que existe. Porém, a crise vem do fato de não sabermos o que fazer. Não temos clareza sobre o novo que desejamos construir. Ficamos "em cima do muro", querendo nos desvencilhar do velho, mas cheios de dúvidas quanto ao que vem a ser esse novo. Às vezes, passamos por crises que não são apenas nossas, mas de uma geração ou de toda uma sociedade.

Os europeus dos séculos XVI e XVII (de 1501 a 1700) viveram uma crise. Uma crise que afetava principalmente a maneira como viam o mundo. A vida cotidiana foi mudando, mas as formas de pensar e conhecer permaneceram as mesmas. Portanto, uma angústia começou a afetar todos aqueles que refletiam sobre os problemas de suas sociedades e procuravam se posicionar diante deles.

Mas que crise era essa?

Nos séculos iniciais da Idade Média (do século V ao século XIII), as formas de pensar e conhecer mudaram muito lentamente. Deus era o centro do pensamento medieval. O próprio conhecimento dos fenômenos naturais passava por Deus. Muitos filósofos eram cristãos. Santo Agostinho (354-430), um filósofo cristão que influenciou enormemente o pensamento

Santo Agostinho.

medieval, dizia: *Credo et intelligam*, isto é, "Para conhecer é preciso antes crer". São Tomás de Aquino (1225-1274), outro filósofo cristão de grande importância na Idade Média, procurou conciliar a tradição filosófica grega com a fé cristã. A filosofia da época recebia uma enorme influência de Aristóteles (384 a.C-322 a.C), que, mesmo tendo vivido trezentos anos antes de Cristo, era muito estudado nos últimos séculos da Idade Média. Muitos de seus escritos estavam sendo traduzidos para o

São Tomás de Aquino.

Aristóteles.

latim pelos árabes nas universidades da península Ibérica. De uma forma geral, tanto Santo Agostinho como São Tomás de Aquino procuraram montar uma estrutura teórica que explicasse as coisas do mundo à luz da fé cristã.

Com o passar dos séculos, essa visão do homem medieval foi se transformando. Pouco a pouco, a associação direta entre o ato de conhecer e Deus se diluía. A sociedade europeia foi deixando de ser teocêntrica (Deus no centro) para se tornar antropocêntrica (o homem no centro). Vamos procurar exemplificar como isso acontecia.

Os pensadores medievais se interessaram muito pelo estudo da óptica. Ao tentar explicar os fenômenos luminosos, construíam modelos ou teorias, assim como os cientistas de hoje. Entretanto, a lógica explicativa era diferente. Veja como Robert Grosseteste, um estudioso da Física que viveu no século XIII, concebia a luz em seus estudos:

> *"A luz, de fato, foi criada por Deus desde o Primeiro Dia; ela se identifica então com uma forma privilegiada da energia divina; melhor ainda, ela faz compreender analogicamente como a Graça se difunde entre os homens."*

Essa era a forma de o homem medieval explicar o mundo e, em particular, os fenômenos da natureza. A lógica que regia as explicações baseava-se sempre no divino.

**A difusão da matemática e do uso das máquinas fez com que os europeus entrassem em contato com um saber muito específico que exigia precisão e se baseava muito mais na experiência desenvolvida pelos homens do que na autoridade dos representantes de Deus na Terra.**

Muitos filósofos começaram a especular sobre as possibilidades que um método de produção de conhecimentos baseado na experimentação poderia oferecer. O inglês Francis Bacon (1561-1626) foi um deles. Escreveu uma série de textos que propunham a criação de um método para se chegar a um conhecimento verdadeiro baseado na experimentação. Os intelectuais europeus passaram a ter um grande interesse pelo trabalho manual dos artesãos e pelas possibilidades que a junção da experimentação com a linguagem matemática poderia oferecer.

NOSSO TEMPO

# Os franciscanos e O nome da rosa

*Muitos pensam que o confronto que começava a se estabelecer entre a velha forma de conhecer, baseada na autoridade e na teologia, e a nova forma que estava em construção era um confronto da Igreja com pessoas que se opunham a ela. Entretanto, muitos daqueles que começaram a questionar as velhas estruturas do pensamento da época pertenciam à própria Igreja. Toda a intelectualidade da época estava ligada à Igreja. Um grupo de frades ingleses pertencentes à ordem dos franciscanos, por exemplo, começou a questionar algumas bases do pensamento medieval nos séculos XIII e XIV. Robert Grosseteste (1168-1253), Roger Bacon (1220-1292), John Duns Scot (1266-1308) e William de Ockham (1290-1349) são nomes de frades e teólogos franciscanos que participaram de um movimento que propunha separar a teologia da ciência e começava a dar importância à experimentação como forma de elaboração do conhecimento.*

*Existe um filme sobre a Idade Média que retrata bem esse momento. Ele se chama* **O nome da rosa** *e baseia-se num romance do mesmo nome. Nesse filme, um frade franciscano chega a um mosteiro medieval para uma discussão com representantes do papa, visando resolver discordâncias teológicas. O frade, no filme, chama-se William de Baskerville. Na história, vários monges beneditinos começam a morrer de forma misteriosa. As mortes giram em torno de uma biblioteca que contém um livro proibido atribuído a Aristóteles. Através dos fatos, o frade franciscano procura desvendar as mortes e elaborar um modelo explicativo para o* ***que está ocorrendo****. É uma antevisão da* ***experimentação*** *como forma de conhecimento.* ***Enquanto isso,*** *o abade do mosteiro atribui as* ***mortes à ação*** *do demônio, seguindo uma* ***racionalidade teo****lógica em voga na época.*

Globo Vídeo

Globo Vídeo

**Cenas do filme *O nome da rosa*, de Jean-Jacques Annaud, 1986.**

É do confronto desse saber, que possui uma lógica própria, com as velhas formas de conhecer que nasceu a crise medieval. Os homens do final da Idade Média, e mesmo os do Renascimento, viveram se questionando sobre como aprender a verdade do mundo. A nova forma de conhecer surgiu, passo a passo, questionando as antigas formas naquilo em que elas se apresentavam frágeis, isto é, na sua capacidade de responder às questões que o mundo novo, que surgia das transformações do cotidiano europeu, lhes propunha.

René Descartes (1596-1650), filósofo e matemático francês, foi um dos que começaram a se sentir incomodados com a separação entre as velhas formas de pensar e o mundo novo das máquinas e do comércio que estava em pleno desenvolvimento.

René Descartes.

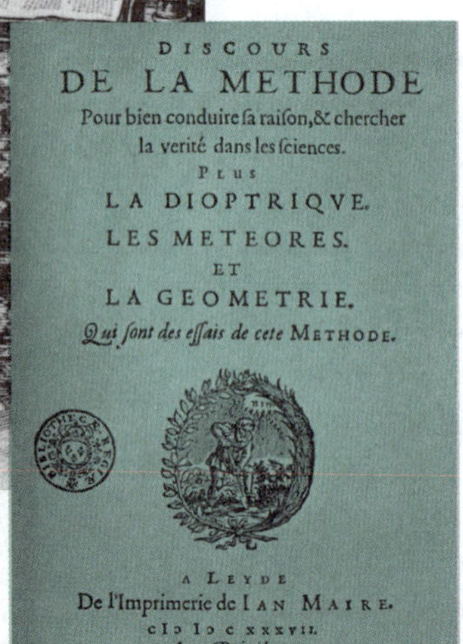


Capa do livro
*O discurso do método.*

Em um de seus livros, *O discurso do método*, ele manifesta claramente essa insatisfação:

> ***Fui nutrido nas letras desde a infância, e por me haver persuadido de que, por meio delas, se podia adquirir um conhecimento claro e seguro de tudo o que é útil à vida, sentia extraordinário desejo de aprendê-las. Mas logo que terminei todo esse curso de estudos, ao cabo do qual se costuma ser recebido na classe dos doutos, mudei inteiramente de opinião. Pois me achava enleado em tantas dúvidas e erros, que me parecia não haver obtido outro proveito, procurando instruir-me, senão o de ter descoberto cada vez mais minha ignorância. E, no entanto, estivera numa das mais célebres escolas da Europa, onde pensava que deviam existir homens sapientes, se é que existiam em algum lugar da Terra."***

Descartes, nesse texto, mais parece um aluno dos dias de hoje, que fica perguntando ao professor para que servem todos aqueles assuntos que estão sendo ensinados. Entretanto, Descartes não ficou só na crítica. Ela refletia uma angústia profunda. Apesar do senso de humor de Descartes, ou de sua arrogância, ele vivia intensamente a crise de seu tempo. Buscava um conhecimento verdadeiro, preciso, que não ficasse oscilando ao sabor das opiniões. Em *O discurso do método*, ele mostra toda a sua angústia, mas ao mesmo tempo propõe um novo método para se chegar à "verdade".

O filósofo e matemático francês propôs uma nova forma de pensar as coisas do mundo. Uma forma precisa, baseada numa nova racionalidade. Entretanto, no que tange à Física, foi Galileu Galilei quem propôs uma nova forma de conhecer, indicando, com seus estudos, um novo caminho para aqueles que desejassem compreender os fenômenos da natureza.

# Galileu Galilei

## indica um novo caminho

Galileu Galilei (1564-1642) nasceu em Pisa, cidade da Toscana, uma região da atual Itália. Provinha de uma família sem muitos recursos, mas descendente de nobres florentinos (da cidade de Florença). Seus primeiros estudos foram feitos com o próprio pai, que o enviou, posteriormente, a Florença, para estudar no mosteiro de Santa Maria de Vallombrosa. Lá, quase se tornou padre. Em 1579, com 15 anos, retornou a Pisa devido a uma grave doença no ouvido. Dois anos mais tarde, por sugestão de seu pai, ingressou na Universidade de Pisa para estudar medicina. O ensino de medicina não lhe agradou muito. Na universidade tomou contato com um aprendizado extremamente teórico, baseado somente em livros. As aulas de matemática e o estudo das artes mecânicas o atraíam mais que a medicina.

Galileu vivia o auge da crise do pensamento medieval. As velhas ideias e as velhas formas de conhecer não conseguiam mais responder às questões que a sociedade impunha aos homens do século XVII. Assim como Descartes, Galileu também

James Davis/WWF/Stock Photos

Pisa, a cidade natal de Galileu.

procurou resolver essas questões propondo respostas não baseadas em Deus, mas pautadas na experimentação e na linguagem matemática. Essa nova forma de conhecer, que se utiliza dessas duas bases de sustentação, começou com Galileu na Física e posteriormente foi utilizada pelas demais ciências naturais que se constituíram mais tarde, como a Química e a Biologia.

Essa nova forma de conhecer é chamada de *ciência moderna*.

Galileu não só propôs uma nova maneira de conhecer a realidade, mas também a aplicou aos seus estudos no campo da Física. Vamos estudar esse novo caminho analisando suas duas bases: a experimentação e a descrição matemática dos fenômenos.

## A experimentação

A teoria de Aristóteles era a seguinte: existiriam na Terra apenas quatro elementos: terra, água, ar e fogo. Todos esses elementos teriam seu lugar natural. O ar teria seu lugar sobre a superfície da Terra e o fogo um pouco mais acima. A água e a terra, consideradas elementos pesados, tenderiam para o centro da Terra. Quanto mais pesado fosse o elemento, mais rapidamente ele iria cair. Portanto, todos buscariam seu lu-

Se deixarmos cair uma folha de papel e um caderno de uma mesma altura, o que chegará primeiro ao chão?

Faça essa experiência. Talvez você responda que o caderno chega primeiro porque é mais pesado. Aristóteles também pensava assim. Não só pensava como construiu uma teoria para justificar esse fato.

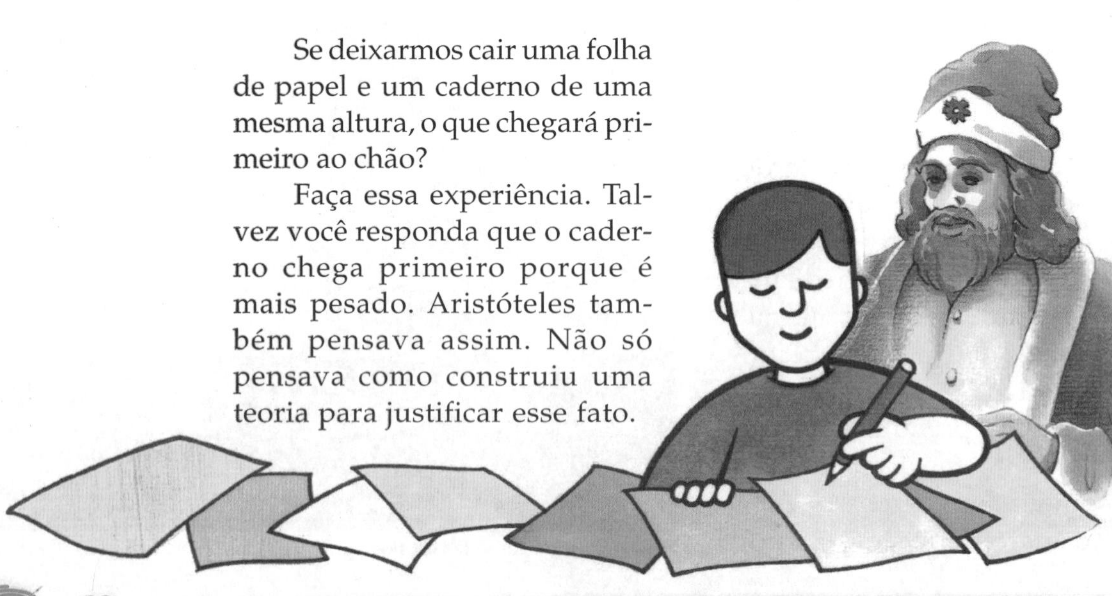

gar natural. Com esse modelo, Aristóteles explicava inúmeros fatos, como a queda dos corpos e até por que a chama de uma fogueira tendia a subir.

Galileu discordou de Aristóteles, principalmente no que tange à queda dos corpos. Ele afirmou que a interpretação dos fatos, feita por Aristóteles, é falha. Para tanto, Galileu procurou realizar *experiências* tentando provar que Aristóteles estava errado.

Agora, refaça a experiência, mas de maneira um pouco diferente: utilizando uma folha de papel amassada. Com isso, você altera alguma característica da folha, além de sua forma? Não. A massa, ou aquilo que normalmente chamamos de peso, continuará sendo a mesma. Portanto, o caderno ainda é mais pesado.

Deixe a folha e o caderno caírem novamente. O que chega primeiro? E agora, como explicar esse fato?

A mesma experiência, ao ser realizada de maneira diferente, mostra que o caderno não chega primeiro. Ao amassarmos o papel, minimizamos os efeitos da resistência do ar e os dois corpos chegam ao mesmo tempo.

Muitos historiadores da ciência acreditam que Galileu chegou a essa conclusão utilizando esferas de massas diferentes que deslizavam em planos inclinados. Todas as esferas levavam o mesmo tempo para chegar ao chão.

A experimentação, portanto, foi utilizada por Galileu como forma de interrogar a natureza e provar que suas ideias sobre o movimento estavam certas. Daí até nossos dias a experimentação tem sido utlizada como um instrumento essencial na construção do conhecimento científico.

Mas para Galileu não bastava realizar o experimento como prova da veracidade de uma teoria. Era preciso medir as grandezas envolvidas no fenômeno e buscar uma correlação entre elas. Enfim, era preciso descrever o fenômeno observado numa linguagem matemática.

## A descrição matemática dos fenômenos

Tomando como exemplo a experiência que realizamos, não vamos nos contentar com as observações feitas sobre a queda da folha de papel e do caderno. O ato de observar já pressupõe uma escolha anterior.

Que características seria importante observar?

Para Galileu, conhecer profundamente um fenômeno é poder descrevê-lo matematicamente. Teríamos que realizar medidas. Por exemplo, qual a distância percorrida pelos corpos e qual o tempo gasto para percorrê-la? A correlação dessas grandezas pode nos dar uma descrição mais precisa do fenômeno: uma descrição matemática. Essa descrição, se for estudada dentro de um conjunto teórico mais amplo, pode nos fornecer uma grande capacidade de previsão; isto é, construindo uma teoria científica sobre a queda dos corpos, poderíamos prever como o papel e o lápis iriam se comportar em outras situações, diferentes daquela em que realizamos o experimento.

Poderíamos utilizar as próprias palavras de Galileu, retiradas de seu livro *O ensaiador*, para resumir essa ideia:

*"A filosofia está escrita nesse grande livro permanentemente aberto diante de nossos olhos — refiro-me ao Universo — mas que não podemos compreender sem primeiro conhecer a língua e dominar os símbolos em que está escrito. A linguagem desse livro é a matemática e seus símbolos são triângulos, circunferências e outras figuras geométricas, sem cuja ajuda é impossível compreender uma única palavra de seu texto, sem cuja ajuda vagueia-se em vão em um labirinto escuro."*

Galileu compara a natureza a um grande livro escrito por Deus. Mas afirma que esse livro está escrito em uma linguagem matemática. Essa afirmação foi decisiva para que, a partir de Galileu, todos os estudos que fossem feitos sobre a natureza tivessem a matemática como forma de expressão. Assim é feito até hoje. Muitos alunos que começam seus estudos no campo da Física e não dominam a matemática como forma de linguagem, isto é, não conseguem expressar ideias com símbolos matemáticos, encontram grande dificuldade nessa ciência.

Galileu frequentava os ambientes técnicos de seu tempo, como as oficinas onde eram construídas as máquinas, principalmente o Arsenal de Veneza (Galileu morou durante alguns anos nessa cidade). Observava os métodos de trabalho dos artesãos e estava familiarizado com eles. Na busca de uma nova forma de conhecimento, essa vivência foi fundamental.

**A importância de Galileu para o mundo moderno é muito grande. Um dos motivos para isso reside no fato de ele ter unido dois campos do saber que antes se encontravam separados. Ele uniu a metodologia de trabalho dos técnicos-artesãos (a experimentação) ao raciocínio lógico e abstrato, próprio da filosofia e da matemática. Dessa junção nasceu a *ciência moderna*.**

## CAPÍTULO 3

# O confronto entre duas formas de conhecer: o processo de Galileu

Quando algo novo surge, sempre encontra resistências. O novo representa mudança, transformação. E transformações sempre acarretam a perda de alguma coisa. Quando algo de novo se instala, passa a ocupar um espaço que antes era preenchido por outras coisas.

Vamos explicar isso de outra forma!

Você já percebeu como é difícil para uma criança aceitar a chegada de um novo irmãozinho? Os pais, que antes davam atenção somente a um filho, passam agora a dividir as atenções. Às vezes, dão até mais atenção ao bebê recém-nascido. O mais velho, então, torna-se agressivo, pois percebe que com a chegada do novo irmão ele perde parte de seu espaço, tanto físico como afetivo.

Com as novas ideias acontece algo semelhante. Para que uma nova ideia assuma um papel decisivo em uma dada sociedade, é preciso que antes ocorra um embate entre o novo e o velho.

Discutimos anteriormente que as crises são momentos de insatisfação, pois não sabemos como será o novo. Agora, já com o novo sendo vislumbrado, a grande dificuldade será implantá-lo. Sempre há resistência daqueles que têm medo do que está por vir ou daqueles que percebem estar perdendo algo que conquistaram. Esses momentos que se seguem à crise são de grandes transformações e de grandes embates entre o velho, que já existe e está constituído, e o novo que vai se constituindo.

Assim como na história política dos povos, a história do pensamento também tem suas revoluções. Muitas das revoluções na ciência ou na filosofia não ocorreram como movimentos isolados. Algumas são apenas a face intelectual de revoluções mais amplas. Nenhuma mudança social ocorre sem uma transformação da visão de mundo dos homens de um dado tempo ou sociedade. Em geral, as grandes revoluções pelas quais as sociedades passaram implicam transformações de toda ordem: política, econômica e filosófica. As coisas não acontecem de forma isolada. Afinal, os homens vivem em sociedade e é no meio social que se realizam, isto é: pensam, negociam, sonham, compõem, escrevem, criam teorias, etc.

Da mesma maneira foi com Galileu. Ao indicar o caminho para sair da crise do pensamento medieval, ele se deparou com a resistência dos homens de seu tempo. Homens ligados às velhas formas de pensar, homens ligados ao sistema de poder de sua época.

Para expor as novas ideias, Galileu escreveu textos, cartas e livros. A síntese de seu pensamento está, basicamente, em dois livros: *Discurso e demonstração matemática sobre as duas novas ciências* e *Diálogo sobre os dois principais sistemas do mundo: ptolomaico e copernicano*.

O primeiro trata de questões relativas ao movimento dos corpos e à resistência dos materiais. É nele que Galileu propôs o novo modelo explicativo para a queda dos corpos: na ausência da resistência do ar, todos cairiam com a mesma velocidade (você se lembra da experiência do caderno e da folha?). Esse livro é considerado o mais importante, pois nele são expostas não só novas ideias no campo da Mecânica, mas também as bases de uma nova forma de conhecer: a ciência moderna.

O segundo livro trata de problemas relativos à mecânica celeste, isto é, ao movimento dos planetas. O estudo do céu estava muito em voga no século XVII. Esse era um problema concreto na época de Galileu devido à navegação em mar aberto. Para se afastar da costa, os navegadores tinham de se guiar pelo céu. As técnicas de navegação prescindiam de um conhecimento maior das estrelas.

Além disso, muitos relatos de navegadores vinham apontando novidades nesse campo do saber. Vários estudiosos da época voltaram suas atenções para esses problemas nos mais diversos níveis. Galileu foi um dos que se ocuparam dessas questões. Nesse livro, Galileu faz a defesa do modelo copernicano (elaborado por Nicolau Copérnico), em confronto com o modelo ptolomaico (de Cláudio Ptolomeu).

É possível que você não conheça os modelos de Ptolomeu e Copérnico. Vamos, então, procurar explicitá-los de forma resumida, para que você compreenda a trama na qual Galileu se envolveu. Essa trama, embora possa parecer apenas um embate entre duas ideias ou dois modelos, era na verdade parte de um conflito maior que estava sendo deflagrado em toda a sociedade.

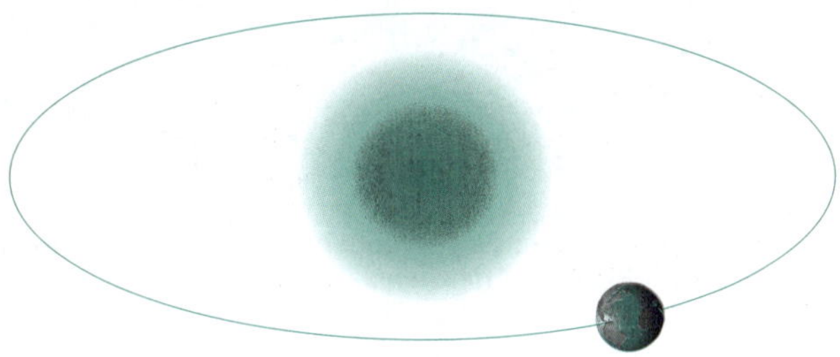

# Os modelos
## de Ptolomeu e Copérnico

Cláudio Ptolomeu foi um astrônomo e geógrafo grego que viveu no século II da era cristã, provavelmente entre os anos 90 e 168. Ptolomeu propôs um modelo para explicar o movimento que observamos todos os dias: o nascer e o pôr do sol.

Ele também procurou elucidar o movimento dos planetas e das estrelas. Em seu modelo, a Terra era o centro do universo. Tudo girava ao seu redor. Cada astro circundava a Terra em sua órbita. Em volta da Terra estariam, primeiro, a Lua; depois, Mercúrio, Vênus, Sol, Marte, Júpiter e Saturno.

Cláudio Ptolomeu.

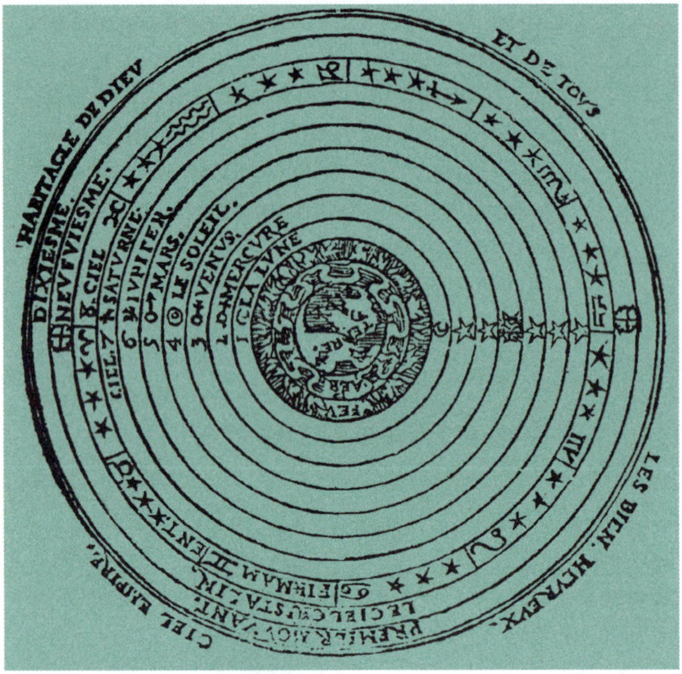

**Representação do universo geocêntrico, concepção medieval, segundo Ptolomeu e Aristóteles.**

Na época de Ptolomeu acreditava-se que depois do último planeta existia uma esfera onde estavam presas as estrelas. Como nessa esfera as estrelas não se moviam umas em relação às outras, ela era chamada de firmamento (porque as estrelas estavam firmes, presas na esfera). Esse modelo, baseado na Física de Aristóteles, foi assumido como verdadeiro pela Igreja ao longo da Idade Média. Segundo a teologia cristã (que estuda as coisas relativas a Deus) do período medieval, o homem era a criação mais importante de Deus e, dessa forma, ele deveria ser o centro do universo. Logo, o hábitat do homem, a Terra, também deveria estar no centro do universo.

No século XVI, 100 anos antes de Galileu e aproximadamente 1 500 anos após Ptolomeu, um cônego polonês chamado Nicolau Copérnico (1473-1543), ao estudar o movimento dos planetas, achou que o modelo geocêntrico de Ptolomeu era muito complicado. Para se determinar a órbita dos planetas, por exempo, era preciso utilizar diversos artifícios geométricos. Além disso, Copérnico pensou que o Sol, sendo o único astro com luz própria do sistema, não poderia ficar fora do centro, para que pudesse iluminar bem os demais planetas. Cogitou, então, em construir um outro modelo, no qual mudava o centro das órbitas dos planetas da Terra para o Sol. Esse modelo ficou conhecido como *heliocêntrico,* isto é, o Sol no centro.

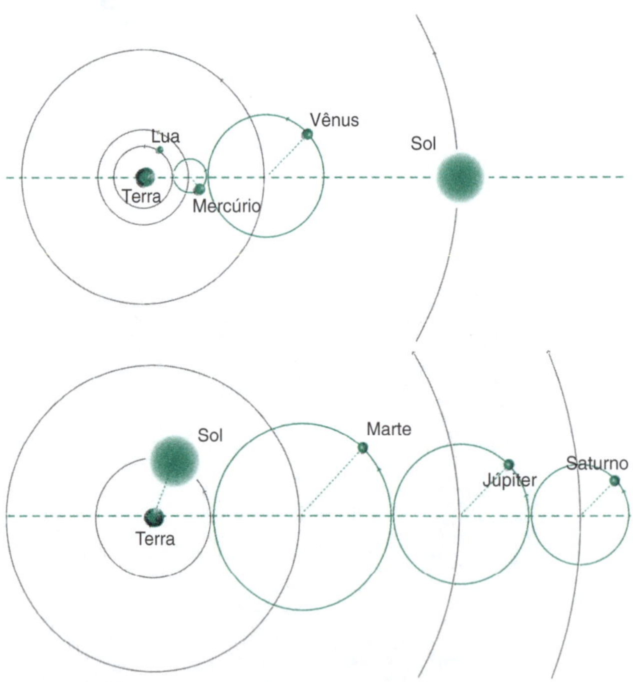


**Esquemas representando o sistema solar, segundo Ptolomeu. Neste modelo, a Terra seria o centro; a Lua, Mercúrio e Vênus estariam entre a Terra e o Sol (esquema superior); Marte, Júpiter e Saturno estariam localizados para além do Sol (esquema inferior).**

Vamos ler um pequeno trecho escrito por Nicolau Copérnico em seu livro *Das revoluções dos corpos celestes,* no qual você poderá perceber como a argumentação de Copérnico guarda muito da forma de pensar em voga na Idade Média, isto é, uma argumentação baseada na Teologia.

*No meio de todos encontra-se o Sol. Ora, quem haveria de colocar neste templo, belo entre os mais belos, um tal luzeiro em qualquer outro lugar melhor do que aquele donde ele pode alumiar todas as coisas ao mesmo tempo? Na verdade, não sem razão, em relação ao mundo, ele foi chamado por uns de 'o farol'; por outros, de 'mente'; ou ainda, de 'governador'. [Hermes] Trimegisto apelidou-o de 'Deus visível'; Sófocles, em Electra, nomeou-o de 'vigia universal'. Realmente o Sol está como que sentado num trono real, governando a sua família de astros, que giram à volta dele."*

Tomando o Sol como centro do universo e imaginando que todos os planetas se moviam ao seu redor, a determinação da órbita dos planetas tornava-se um pouco mais fácil. O modelo proposto por Copérnico, entretanto, contrariava a teologia cristã da

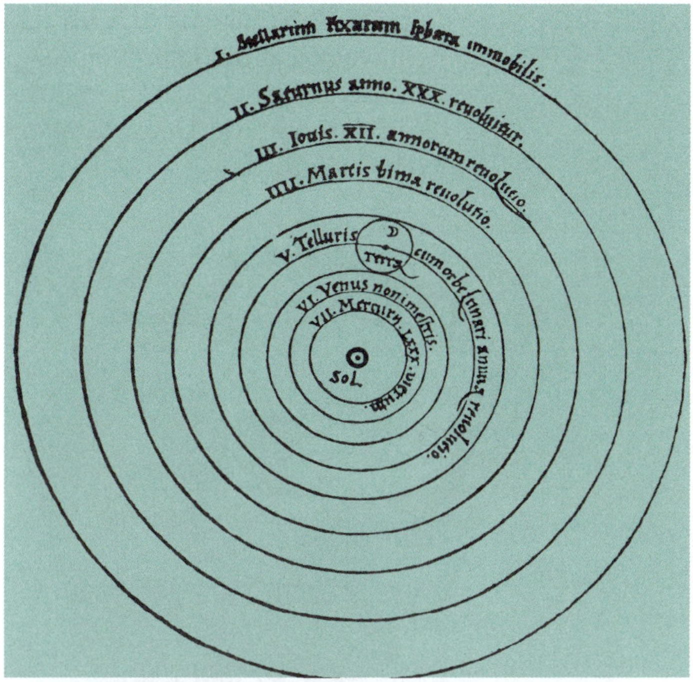


**Reprodução do modelo de Copérnico, utilizado para ilustrar seu livro *De revolutionibus orbitum coelestium*, de 1543. Nele, o Sol encontra-se no centro, vindo a seguir Mercúrio (VII), Vênus (VI), a Terra com a Lua (V), Marte (IIII), Júpiter (III), Saturno (II) e as estrelas fixas (I).**

**Ao criar o modelo heliocêntrico, Copérnico mostrou aos homens de seu tempo uma nova concepção do universo.**

época. Afirmar que a Terra não estava no centro do universo significava dizer que o homem, criação suprema de Deus, também não estava.

Com a ampliação dos movimentos religiosos que contestavam dogmas católicos, como a Reforma Protestante, por exemplo, o papa criou a chamada Santa Inquisição e proibiu a divulgação de toda e qualquer ideia contrária ao pensamento oficial da Igreja. Com isso criou-se na Igreja o *Índex*, uma relação de livros proibidos. O livro de Copérnico, *Das revoluções dos corpos celestes*, foi colocado no *Índex*.

Mesmo constando no *Índex*, as ideias de Copérnico vinham sendo discutidas pelos cientistas da época de forma discreta.

Certa vez, Galileu tomou conhecimento de que um técnico-artesão holandês havia inventado um aparelho que, ao juntar duas lentes, dava a possibilidade de uma ampliação da visão. Se esse aparelho fosse direcionado para determinado prédio da cidade, dava a impressão, a quem olhava, de que o prédio havia sido aproximado. Galileu tratou de encomendar as lentes a um artesão. Ao obter o aparelho, direcionou-o para o céu e começou a ver coisas que lhe causaram surpresa. Observou a superfície da Lua com suas montanhas e planícies, as fases de Vênus (muito parecidas com as da Lua), satélites girando ao redor de Júpiter e as manchas solares. Esse aparelho era a luneta.

**O que Galileu observava com sua luneta não confirmava a visão aristotélica do universo.**

# Galileu *versus* Aristóteles

Todas essas coisas que Galileu observava contrariavam as ideias de Aristóteles. Para Aristóteles, a Terra era completamente diferente dos astros do céu. Segundo ele, existia um mundo sublunar — abaixo da Lua —, que era mutável, ou seja, nesse mundo as coisas podiam mudar. E havia o mundo supralunar — acima da Lua —, que era imutável e perfeito.

Ao ver as montanhas na superfície da Lua, Galileu percebeu que havia semelhanças entre a Terra e a Lua. Além disso, os satélites de Júpiter indicavam que esse planeta era o centro de um pequeno sistema e que não estava preso a nenhuma esfera de cristal, como se acreditava na época. O mundo supralunar apresentava-se aos olhos de Galileu tão mutável e imperfeito quanto a Terra. A luneta fornecia uma forte comprovação de que Aristóteles estava errado.

Mas questionar Aristóteles significava questionar toda a filosofia cristã da época. E questionar a filosofia cristã era o mesmo que questionar o poder da Igreja. Isso porque o pensamento de Aristóteles havia sido *dogmatizado*.

Você sabe o que é um *dogma?*

A palavra *dogma* representa uma ideia que não pode ser questionada, devendo ser aceita pura e simplesmente. Algumas vezes um dogma nem é percebido pelas pessoas. Ele é aceito como algo "natural". Os dogmas existem onde existe o poder. Na sociedade europeia dos séculos XVI e XVII, o pensamento de Aristóteles era tido como um dogma entre os intelectuais.

# NOSSO TEMPO

# BRECHT

*Existe uma peça teatral escrita por um dramaturgo alemão, Bertolt Brecht (1898-1956), denominada* A vida de Galileu. *Brecht procurou usar a vida de Galileu como um artifício para questionar a sociedade de seu tempo. Ele viveu em uma sociedade totalitária, a Alemanha no tempo do nazismo. Naquela época, pouco antes de eclodir a Segunda Grande Guerra, os intelectuais que ousassem discordar do regime eram presos ou mortos. No texto da peça há uma passagem que retrata o papel do dogma e o confronto entre as novas ideias e as antigas. É um diálogo entre Galileu e alguns sábios da época. O diálogo se passa no escritório de Galileu. Lá estão Galileu, o Sr. Federzoni (um artesão fabricante de lentes), Andrea (filho da governanta de Galileu), O grão-duque de Toscana (que ainda é um menino), um filósofo e um matemático. Galileu está tentando mostrar, através do telescópio, os fatos. Os sábios estão tentando questioná-lo e se recusando a olhar através do telescópio. Federzoni procura narrar o que viu.*

Agência Estado

**Cena da peça teatral *A vida de Galileu*, de Bertolt Brecht.**

FEDERZONI:

*O senhor não vai acreditar, mas não existem as esferas de cristal.*

O FILÓSOFO:

*Existem, qualquer manual ensina isto, meu rapaz.*

FEDERZONI:

*Nesse caso, é preciso escrever manuais novos.*

O FILÓSOFO:

*Alteza, o meu ilustre colega e eu nos apoiamos em nada menos que na autoridade do divino Aristóteles, nele mesmo.*

GALILEU (*quase submisso*)

*Meus senhores, a fé na autoridade de Aristóteles é uma coisa, e os fatos, que são tangíveis, são outra. Os senhores dizem que segundo Aristóteles há esferas de cristal lá no alto; que, portanto, há movimentos que não são possíveis, porque as estrelas seriam obrigadas a quebrar as esferas. Mas se os senhores puderem constatar esses movimentos? Isso não indicaria aos senhores que essas esferas de cristal não existem? Meus senhores, eu lhes peço com toda a humildade que acreditem nos seus olhos.*

O MATEMÁTICO:

*Meu caro Galileu, por mais antiquado que pareça ao senhor, eu ainda tenho o hábito de ler Aristóteles, e lhe garanto que acredito nos meus olhos quando leio.*

GALILEU:

*Eu me acostumei a ver como os senhores de todas as faculdades fecham os olhos a todos os fatos, fazendo de conta que não houve nada. Eu mostro as minhas observações e eles sorriem, eu ofereço meu telescópio para que vejam, e eles citam Aristóteles.*

FEDERZONI:

*Aristóteles não tinha telescópio.*

O MATEMÁTICO:

*É claro que não, é claro que não.*

O FILÓSOFO (*enfático*):

*Se a intenção aqui é de sujar Aristóteles, uma autoridade aceita não só pela totalidade da ciência antiga, como também pelos grandes Padres da Igreja, quer me parecer supérfluo prosseguir nesta discussão. Eu recuso discussões que não tenham objetivo concreto. Para mim, chega.*

Embora esse diálogo seja uma ficção, pois faz parte de uma peça teatral, descreve bem o drama vivido por Galileu. A Igreja, através de seus representantes, sabia que as novas ideias colocavam em xeque vários de seus dogmas. Dizer que Aristóteles estava errado significaria admitir que tudo aquilo que era ensinado pelo clero ao povo, isto é, a concepção de mundo e a interpretação bíblica da Igreja medieval, também estava errado. A aceitação desse fato acarretaria a perda do poder da Igreja perante a sociedade. Portanto, sua amplitude era muito maior do que a da mera discussão de cientistas sobre dois modelos: o geocêntrico e o heliocêntrico. O que estava em questão era a própria correlação de forças dentro da sociedade.

## Uma verdadeira revolução

Galileu, após a apresentação de suas ideias, passou por todo um processo que visava julgar suas ideias como heréticas (contrárias aos dogmas da Igreja). Ao longo de muitos anos de sua vida foi condenado ao silêncio. Para não ser queimado como herege pela Inquisição, Galileu teve que renegar suas ideias publicamente e perante o papa.

O descompasso entre o projeto de sociedade do homem europeu dos séculos XVI e XVII e as velhas concepções da sociedade medieval fez surgir na Europa um grande movimento que pode ser considerado uma verdadeira revolução. Uma revolução lenta, mas que mudou por completo o cenário da vida europeia, e que se deu em diversas frentes: no campo econômico, nas artes, na produção do saber e também no campo religioso.

No campo econômico, a revolução comercial viu ascender uma nova classe de comerciantes e artesãos que foram pouco a pouco prosperando e ganhando poder dentro da economia europeia. Essa nova classe, a burguesia, à medida que prosperava ia procurando implantar seu projeto de sociedade. Essa ascensão determinou uma nova ordem econômica.

No campo das artes, o Renascimento poderia ser destacado como a expressão desse novo projeto social. O homem — e suas realizações — passou a ser o centro das preocupações dos artistas, que procuraram exaltá-lo.

Um movimento denominado Reforma fez surgir a Igreja protestante, que nasceu para questionar a velha ordem católica, propondo uma nova interpretação para o cristianismo, mais adaptada ao projeto da nascente sociedade burguesa.

**Detalhe de *Escola de Atenas*, afresco de Rafael, um dos principais artistas do Renascimento.**

A ciência moderna, de modo geral, e a mecânica de Galileu, em particular, surgiram como parte desse movimento. Galileu percebia que suas ideias estavam dentro de um contexto mais amplo de transformação da sociedade. Talvez a maior prova disso tenha sido o fato de Galileu ter escrito todos os seus livros na forma de diálogos, como se fosse um debate entre personagens fictícios, em italiano, e não em latim. Com isso, Galileu pretendia que um maior número de pessoas tivesse acesso às suas ideias. O latim, uma língua muito antiga, era dominado por apenas um pequeno grupo de pessoas e servia como um código que tornava as ideias inacessíveis a grande parte da população. Na Itália, a maioria das pessoas falava e compreendia o que hoje é conhecido como italiano, isto é, uma língua derivada do latim, mas de cunho popular. Lutero, no processo de construção da Reforma protestante, também procurou fazer isso com a Bíblia: torná-la acessível à população traduzindo-a para o alemão. Tanto Galileu quanto Lutero buscavam uma popularização de suas ideias, tendo como propósito terminar com o monopólio da Igreja no campo da filosofia e da religião.

O descompasso entre as aspirações do novo homem, formado nas transformações da Europa dos séculos XVI e XVII, e os velhos dogmas da Igreja e da sociedade medieval foi diminuindo ao longo dos anos posteriores, à medida que a nova ordem social se consolidava. Galileu tornou-se um símbolo da luta contra o dogmatismo das ideias e contra os sistemas totalitários (sistemas de poder que procuram a todo custo impedir a liberdade de expressão).

## CAPÍTULO 4

# O conhecimento no mundo moderno

Em geral, quando se menciona a palavra "moderno", muitas coisas nos vêm à mente. Moderno é estar na moda, é conhecer e saber conviver com as últimas inovações tecnológicas. Para alguns, ser moderno é pensar como um jovem. Enfim, há um sentido para o termo *moderno*, que é muito usual e procura dar a ideia de "novo".

Para nós, os termos *moderno* e *modernidade* terão, aqui, um significado diferente.

A crise da sociedade medieval ocorreu devido ao descompasso entre a vida cotidiana, que foi se transformando ao longo do tempo, e o mundo das ideias, que se estagnou. Os movimentos surgidos durante os séculos XVI e XVII em diversas áreas da atividade humana, e que mudaram por completo a cultura europeia, representaram a eclosão de uma nova forma de ver o mundo e de se relacionar com ele. Todos esses movimentos tinham por trás de si um novo projeto de vida, e por consequência um novo projeto de sociedade, que os homens do século XVII estavam propondo. A esse novo projeto de vida e de sociedade chamaremos de *modernidade*. Assim, de acordo com o significado que estamos usando aqui, a modernidade já tem aproximadamente trezentos anos.

Vamos procurar discutir neste capítulo algumas características básicas da modernidade e que foram de suma importância para a estruturação da ciência moderna como forma de produção de conhecimentos.

## O universo é uma máquina

Na Idade Média, a maior parte da população europeia vivia no campo. As pessoas passavam o dia trabalhando nas plantações e cuidando dos animais. Nada mais natural que a sua visão de mundo expressasse aquilo que conheciam, isto é, os seres vivos. Por exemplo, para um europeu medieval, do ponto de vista da construção do conhecimento, as montanhas e os rios eram para ele seres vivos; esses elementos tinham vida, assim como as plantas e os animais. Ao procurar compreender as coisas do mundo, buscava-se uma explicação comparando-as sempre com os seres vivos e admitindo que elas eram também seres vivos. Muitas vezes encontramos resquícios dessa concepção em algumas expressões que ainda hoje são utilizadas: *veios de ferro*, para simbolizar um local onde se suspeita haver esse minério, ou *o ventre da terra*, para dizer que da terra nascem as plantas; existem, ainda, comparações de vulcões com furúnculos. Enfim, a explicação do mundo partia da vida.

A partir do século XII, as máquinas começaram a ser utilizadas em larga escala na Europa. Além dos moinhos d'água e dos moinhos de vento, outras máquinas também adquiriram importância e fascinaram o europeu medieval. O relógio foi uma delas. Muitos técnicos-artesãos, ou engenheiros, como eram chamados na época, passaram toda a sua vida procurando aperfeiçoar os mecanismos que pudessem marcar a passagem do tempo. Uma máquina que permanecia um longo período de tempo funcionando sem a intervenção do homem causava um grande fascínio. O contato com a mecânica e o crescimento de sua importância na sociedade medieval fizeram com que os homens, pouco a pouco, começassem a comparar o mundo em que viviam com as máquinas.

**Relógio de água do século XVI.**

A ideia de universo-máquina permitia até uma nova explicação para o papel de Deus no mundo. Antes, com a ideia de um universo vivo, Deus era entendido como um criador que atuava no mundo o tempo todo. Cada acontecimento no mundo pressupunha a atuação de Deus. Com a mudança para a concepção de um universo-máquina, passou-se a acreditar que a intervenção de Deus tenha ocorrido apenas no início dos tempos, ou seja, na criação. Deus era comparado ao engenheiro que construiu a máquina e a colocou para funcionar, encerrando aí a sua participação.

No século XVII, em pleno processo do surgimento da ciência moderna, essa ideia já era bastante popular. A visão de mundo já havia mudado. Tudo era estudado partindo da ideia de que o universo funciona como uma máquina. Até mesmo o corpo humano era comparado a uma máquina.

Você já deve ter estudado os vários aparelhos do corpo humano: aparelho respiratório, aparelho circulatório, aparelho urinário. Prestou atenção nos termos? Todos são chamados de aparelhos, como se fossem parte de uma máquina sofisticada.

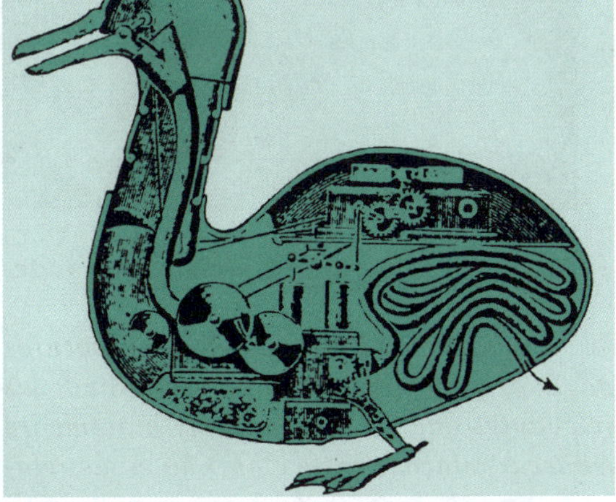

**Reconstituição dos mecanismos do autômato de Jacques de Vaucanson, construído no século XVIII.**

Você já ouviu dizer que o coração é uma "bomba" que faz circular o sangue pelo corpo? Compare, utilizando esses termos, o coração, as artérias e as veias a um sistema hidráulico.

Tomemos um texto de René Descartes (1565-1650) para mostrar como ele compreendia o estudo do corpo humano. Você deve se lembrar que Descartes foi um dos fundadores da ciência moderna. Vamos utilizar um texto do *Discurso do método*, que foi um dos livros em que o pensador propôs um novo racionalismo, isto é, uma nova forma de pensar:

*"O que não parecerá de modo algum estranho a quem, sabendo quão diversos autômatos, ou máquinas móveis, a indústria dos homens pode produzir, sem empregar nisso senão pouquíssimas peças, em comparação à grande multidão de ossos, músculos, nervos, artérias, veias e todas as outras partes existentes no corpo de cada animal, considerará esse corpo como uma máquina que, tendo sido feita pelas mãos de Deus, é incomparavelmente mais bem ordenada e contém movimentos mais admiráveis do que qualquer das que possam ser inventadas pelos homens."*

Descartes expressa nesse trecho toda a concepção de sua época com relação à natureza. Portanto, não só o mundo deixou de ser comparado a um ser vivo e tornou-se uma máquina, como até um ser vivo, como o homem, passou a ser visto como um "autômato", isto é, como um sofisticado mecanismo: uma máquina feita pelas mãos de Deus.

Você se lembra que apresentamos, no capítulo 1, duas características da ciência moderna:

- *A matemática*, como linguagem para expressar ideias e elaborar modelos que descrevem os fenômenos;
- *A experimentação*, como forma de se interrogar a natureza sobre aquilo que desejamos saber e como uma maneira de confirmar ideias e modelos que construímos.

Agora, vamos apresentar outra característica que marcou a ciência moderna por mais de duzentos anos: uma nova forma de pensar, um novo racionalismo baseado na ideia do universo-máquina. Essa forma de pensar as coisas do mundo, como se "funcionassem" tal qual um mecanismo de uma máquina, ficou conhecida como *mecanicismo*. O mecanicismo foi um modo de pensar e enxergar a natureza que nasceu com a ciência moderna e teve seu auge nos séculos XVIII e XIX.

Vamos procurar exemplificar como é essa maneira de pensar a que estamos denominando mecanicismo. Embora não se dê conta, você trabalha com essa forma de pensar o tempo todo quando está estudando Física, Química ou Biologia. Tomemos um exemplo da Física típico do tempo de Galileu:

## NOSSO TEMPO

# UM PROBLEMA DE FÍSICA

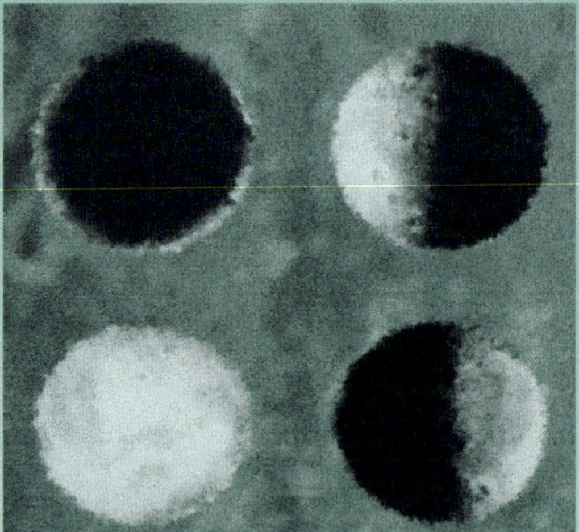

***Você já deve ter visto que alguns calendários trazem as fases da Lua. Ao longo dos meses do ano consegue-se saber exatamente em que dia a Lua irá mudar. Como é que se consegue prever tal fato com meses e até anos de antecedência? Num mundo onde a máquina havia adquirido uma grande importância, nada mais natural que pensar o movimento da Lua em torno da Terra e o dos planetas em torno do Sol como um grande mecanismo. Vejamos como isso é feito.***

***O que precisamos conhecer para realizar esse tipo de estudo?***

**1) As funções que correlacionam as grandezas envolvidas**

***A partir da observação dos movimentos da Lua, podemos selecionar as grandezas relevantes que determinam este movimento e buscar relações entre elas. São essas relações, que chamamos de funções matemáticas, que nos permitem determinar, por***

*exemplo, a posição da Lua ao longo do tempo ou sua velocidade ao longo do tempo.*

2) As condições iniciais

*As condições iniciais representam a situação em que começamos a analisar o movimento. Significa que temos que conhecer quais são as características do movimento da Lua no instante inicial (t = 0) de nosso estudo.*

*Você já deve ter trabalhado com problemas dessa forma no estudo de movimentos. Foi criada uma função matemática, por exemplo, que relaciona a posição de um corpo em relação ao tempo para um movimento uniforme (a velocidade não se altera):*

$$S = S_o + Vt$$

*Vamos utilizar essa mesma equação para resolver um problema de Física. Imagine um trem viajando com uma velocidade constante de 70 km/h. Estamos numa estação e vemos esse trem passar. Poderíamos nos perguntar: onde esse trem estará daqui a 4 horas? Não precisamos viajar nele para saber. Podemos prever.*

*Vamos estabelecer as condições iniciais e aplicá-las na função matemática que descreve seu movimento. Sabemos sua velocidade (70 km/h) e podemos considerar a estação em que estamos como origem do movimento (So). Com isso vamos determinar a que distância dessa estação o trem estará daqui a 4 horas. O instante de passagem, portanto, será o início de nossa contagem de tempo (t = 0).*

*Com essas condições iniciais vamos saber a posição S após o intervalo de tempo considerado. Escrevamos essas condições iniciais matematicamente:*

$S_o = 0$
$V = 70$ km/h
$t = 4$ h

*S = INCÓGNITA (o que queremos saber)*

$S = 0 + 70 \cdot 4$
$S = 280$ km

*Portanto, conhecendo as condições iniciais e as funções matemáticas adequadas, pode-se determinar qualquer coisa sobre um movimento. Poderíamos, por exemplo, supor que esse trem estivesse fazendo uma longa viagem e determinar a sua posição após 1 dia, 2 dias, etc.*

A partir da ideia de que a natureza se comporta como uma máquina, a Física pôde descrever diversos fenômenos, prever situações futuras ou descobrir como eram no passado.

Em outras ciências, isso também é feito. A Biologia e a Medicina criaram grande parte de suas teorias a partir da ideia de que os seres vivos se comportam como máquinas.

O mecanicismo, após o século XVII, tornou-se uma das características básicas do racionalismo moderno. Toda a ciência, ao longo dos séculos seguintes, ficou permeada por essa ideia de um universo-máquina. Tudo era estudado a partir de uma compreensão do mundo como se ele funcionasse com uma regularidade mecânica. Mas, com isso, os problemas que não obedeciam a tal regularidade foram abandonados. As ciências sociais, que estudam problemas extremamente complexos, adotaram o mecanicismo como forma de encarar seu objeto de estudo. Mas imagine o quanto é complexa uma sociedade com milhares ou até milhões de indivíduos diferentes; embora se possa perceber que existe alguma regularidade, não se pode acreditar que tudo irá funcionar dentro de uma padronização.

**O mecanicismo só começou a perder importância dentro da Física a partir das primeiras décadas do século XX, quando alguns problemas relativos à física atômica (estudo do átomo) começaram a colocar em xeque essa visão da natureza.**

Hoje os estudos dos sistemas complexos, ou do *caos*, como também são chamados, têm trazido novas questões para todas as ciências. Esses estudos procuram abordar fenômenos da natureza que não podem ser estudados com base nos modelos que vinham sendo utilizados até o princípio do século XX.

Você já deve ter visto em um telejornal a previsão do tempo para o dia seguinte. Em alguns países ela já é feita com alguns dias de antecedência. Mas prever o tempo é uma tarefa extremamente complicada. Os meteorologistas têm que colher informações de cada ponto da região que está sendo estudada. Como os sensores são dispostos a uma distância razoável um do outro (aproximadamente 90 km), não é possível saber o que ocorre nas regiões entre eles. Portanto, na hora de estabelecer as condições iniciais, não se pode trabalhar com exatidão. As variáveis são muitas, e qualquer mudança, por menor que seja, nas condições iniciais provoca alterações muito grandes nos efeitos esperados. Costuma-se dizer que o simples bater de asas de uma borboleta pode provocar, mais tarde, um vendaval. Por isso, mesmo com os computadores mais sofisticados, é difícil prever o tempo. Esse estudo dos sistemas complexos não permite aquele tipo de determinação utilizado no problema do trem ou mesmo com o movimento da Lua. A única determinação possível é a das probabilidades de ocorrência de eventos.

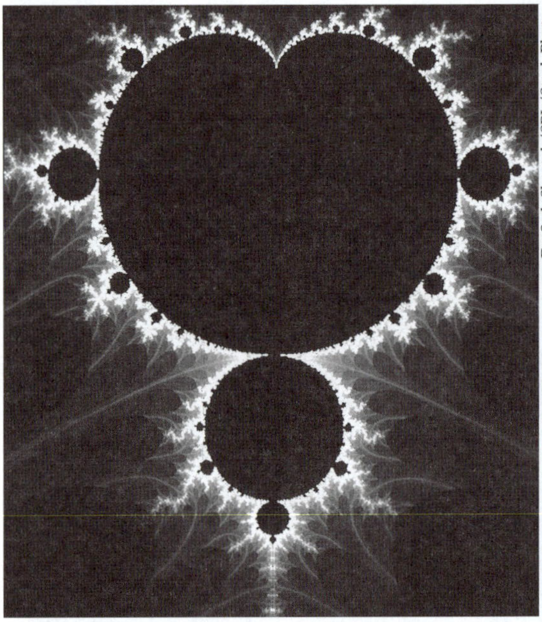

Dr. Seth Shostak/SPL/Stock Photos

**Fractal: gráfico de funções matemáticas estudadas na teoria do caos. Representa uma extensão infinita num espaço finito.**

Alguns cientistas e filósofos chegam a acreditar que estamos hoje construindo uma nova maneira de produzir o conhecimento científico. Uma forma que ainda permanece baseada na experimentação e na linguagem matemática, mas que está estabelecendo outra maneira de encarar a natureza, em que o universo não é mais visto como um mecanismo, no qual tudo pode ser determinado.

# Conhecer para dominar
## a natureza

Já havíamos discutido anteriormente que a visão de mundo do homem moderno difere muito da visão do homem medieval. Na Idade Média, Deus era o centro de tudo. Existia, portanto, um *teocentrismo* (*teo* = Deus). O mundo moderno, ao contrário do medieval, tem o homem como centro, havendo, portanto, uma predominância do *antropocentrismo* (*antropo* = homem).

O homem, ao situar-se no centro do mundo, adquiriu uma nova importância. Não como uma criação de Deus, mas como um criador. Um criador que podia construir máquinas sofisticadas e fabulosas. Pode-se dizer que no mundo moderno o homem passa a ser o criador de tudo. O homem se vê fora da natureza e com as possibilidades de dominá-la a partir do conhecimento dessa natureza. Na concepção moderna, tudo pode ser conhecido pelo homem. Não há limites para isso. O que não é ainda conhecido, um dia o será. A razão é seu instrumento de conhecimento, de criação e de dominação.

## NOSSO TEMPO

# OS DINOSSAUROS

*Existe um filme muito interessante de Steven Spielberg que pode servir para nos fazer refletir sobre algumas questões relativas à ciência e à tecnologia nas sociedades modernas. Seu nome é* **Jurassic Park**.

*O filme narra a história da construção de um parque em uma ilha, um zoológico onde os visitantes poderiam conhecer dinossauros que viveram há milênios. A construção dos dinossauros (isso mesmo, construção) é feita a partir do sangue de um mosquito encontrado petrificado dentro de uma pedra de âmbar. Esse mosquito, tendo supostamente vivido em um tempo em que existiam dinossauros, picou alguns deles. Utilizando as novas técnicas de engenharia genética foi possível reconstituir, com o sangue encontrado no mosquito, o código genético desses dinossauros, e deste, produzir embriões. No parque tudo é pensado de forma a dar a máxima segurança ao visitante e obter um controle rígido sobre a vida dos dinossauros. Para que nada fuja de controle, só foram produzidos dinossauros fêmeas. Com isso, acreditavam que a reprodução não poderia ocorrer de forma natural.*

*Três cientistas foram convocados para dar um parecer sobre a viabilidade do parque: um paleontólogo, especialista em dinossauros, uma hortopaleontóloga, especialista em plantas da época dos dinossauros, e um matemático, que trabalha com as modernas teorias dos sistemas complexos ou do* caos.

*Embora o filme seja uma ficção, mostra situações interessantes para uma reflexão sobre a ciência moderna e suas relações com a sociedade hoje.*

*A primeira delas é que a construção do parque expõe uma visão ainda mecanicista da natureza. Os construtores do parque acreditam que tudo pode funcionar como uma máquina bem projetada. Planejam tudo como se pudessem prever todas as possibilidades de maneira determinista. Esquecem que estavam reconstruindo os dinossauros em um ecossistema diferente daquele onde eles viveram. Portanto, nada garantiria a sua sobrevivência dentro dos padrões esperados. O matemático, em seu parecer sobre o parque, questiona essa visão, afirmando que é um erro tentar imaginar que a natureza se comporte de maneira totalmente previsível. E o filme confirma suas previsões ao mostrar ovos de dinos surgindo na ilha como prova de que a "natureza encontra sempre saídas", ou melhor, ela tem um comportamento complexo e não mecanicista, como se imaginava.*

*A segunda questão que se pode discutir parte desse mesmo cientista, o matemático. Ele procura mostrar que o problema fundamental hoje, em relação às possibilidades da ciência, não é o que podemos fazer, mas se devemos fazer. Fica assim patente a crítica à ciência moderna, que colocou o homem no centro de tudo e estabeleceu um projeto de domínio sobre a natureza. A questão para o matemático é que ele percebe que os avanços da ciência moderna e da tecnologia nos dão possibilidades de fazer o que desejarmos. Entretanto, a dúvida que ele levanta é se nós devemos fazer ou não todas essas coisas que estamos fazendo. A questão é problematizar a engenharia genética, que se propõe hoje a construir réplicas de seres humanos a partir da manipulação do código genético, ou usinas nucleares, com suas consequências no que se refere ao lixo atômico.*

**Cena do filme *Jurassic Park*, de Steven Spielberg.**

Todos temos uma responsabilidade sobre o futuro do planeta, sobre as futuras gerações, que extrapola os próprios limites da ciência moderna. Questões relativas à energia nuclear e à engenharia genética, por exemplo, não podem ser respondidas apenas por cientistas. Todos nós, nas mais diversas sociedades, temos de nos envolver com esses problemas. É o nosso projeto de sociedade e de mundo que está em questão.

# Você
## e a ciência moderna

Ao longo deste pequeno livro procuramos levá-lo a refletir sobre o surgimento da ciência moderna e sobre o papel desempenhado por Galileu Galilei nesse processo. Muitas vezes, somos tentados a acreditar na existência de alguns homens especiais que, devido única e exclusivamente a sua genialidade, "descobrem" coisas novas. Na realidade, as coisas não são bem assim. Os grandes homens da história da ciência são pessoas que, a partir de trabalhos desenvolvidos por seus antepassados, dão respostas às questões que são levantadas pelos homens de seu tempo. Existe, é claro, um grande mérito criativo nisso tudo. Entretanto, não podemos acreditar que eles foram semideuses ou super-homens, com poderes sobrenaturais e, por isso, são diferentes de nós. Ao longo da Idade Média foi ocorrendo um movimento lento e gradual em direção àquilo que chamamos de ciência moderna. Galileu foi quem elaborou a grande síntese e indicou o caminho de saída do impasse provocado pela crise medieval. Depois de Galileu, muitos outros cientistas empenharam-se na consolidação da ciência moderna. Isaac Newton, por exemplo, construiu uma teoria na Física a partir das bases lançadas por Galileu.

**Galileu com a luneta no senado de Veneza. Indicando novas formas de explicar a natureza, ele contribui para transformar a cultura de seu tempo.**

Como você vê, esse assunto é bem mais complexo do que apresentamos aqui. Para maior aprofundamento, você terá que ler outros livros. Alguns deles com opiniões diferentes das que apresentamos. Quem sabe você venha a se interessar mais pelo tema e passe a estudá-lo de forma profissional, graduando-se em uma ciência, como Física, Química ou Biologia, ou em Filosofia. Entretanto, o fundamental é que você comece a olhar para a ciência de uma maneira mais crítica. O fato mais importante que gostaríamos que você percebesse é que a ciência moderna é uma forma de compreender e explicar o mundo construída pelos homens a partir de um projeto específico de vida. Ela não é melhor nem pior que a ciência medieval: é apenas diferente.

**Cada época, ou cada sociedade, cria suas formas de conhecer e de estabelecer o que é um conhecimento verdadeiro. A partir disso, os homens criam seu mundo, isto é, constroem máquinas, edificam prédios, pintam quadros, compõem textos, realizam filmes, enfim, vivem e produzem a cultura de seu tempo.**

Logo, você estará, através de seu trabalho, participando da construção da sociedade. Numa sociedade em que a ciência e a tecnologia assumem cada vez mais uma importância vital no cotidiano das pessoas, será fundamental que todos passem a discutir os caminhos a serem tomados. E para discutir será preciso conhecer.

Esse conhecimento não poderá se restringir, entretanto, ao funcionamento de máquinas ou aos fundamentos de algumas teorias. Será preciso ir além. Será preciso conhecer como os homens de cada época responderam às questões propostas pelas contradições e problemas das sociedades em que viveram. Galileu, Descartes e outros responderam em seu campo de atuação aos problemas que a sociedade medieval lhes propunha. Dessa resposta nasceu a ciência moderna.

Hoje, muitas questões estão sendo postas em relação a nossa sociedade. Questões do tipo: é lícito ao homem construir seres a partir do conhecimento do código genético? O que fazer em relação à energia nuclear em países que necessitam de energia e não dispõem de outras fontes? A Economia deve adotar um modelo de análise dos fatos socioeconômicos iguais àqueles adotados pela Física a partir do século XVII?

Que opiniões você tem sobre esses temas?

Muitas dessas questões têm levado a uma reflexão sobre os limites da ciência, ou mesmo sobre o próprio projeto de ciência proposto pelos homens no século XVII. Entretanto, essa discussão não pode ficar no âmbito dos especialistas. Será preciso que você também participe, discutindo e propondo saídas e rumos que deveremos tomar daqui para a frente.

# Leitura

## recomendada

*Para você, que deseja se aprofundar no tema, segue uma pequena lista com alguns livros que poderiam ser consultados.*

- *A vida de Galileu*, de Bertolt Brecht (ed. Abril Cultural).
  Esse livro traz o texto da peça e pode ser considerado uma biografia de Galileu. Entretanto, seria importante perceber o contexto em que Brecht escreveu e que o texto é uma importante crítica a qualquer forma de censura às ideias.
- *Em torno a Galileu*, de José Ortega y Gasset (ed. Vozes).
  O nome já indica o tema do livro. Ele não é sobre Galileu, mas sobre o mundo em que ele viveu. Ortega y Gasset — filósofo espanhol do início do século XX — procura mostrar o contexto em que Galileu viveu e as influências sobre sua obra.
- *De Arquimedes a Einstein*, de Pierre Thuillier (ed. Zahar).
  Esse livro é uma coletânea de textos desse historiador da ciência francês. Em alguns deles você encontrará a evolução da ciência medieval até se constituir na ciência moderna.
- *História ilustrada da ciência*, de Colin A. Ronan (ed. Zahar).
  Essa coleção de quatro volumes é básica para quem, no Brasil, quiser fazer uma primeira incursão na história das ciências. Em linguagem simples, esse historiador das ciências inglês procura traçar um amplo painel da ciência, de suas origens até o século XX.
- *350 Anos dos "Discorsi Intorno a Due Nuove Scienze" de Galileu Galilei*, coletânea de vários autores coordenada por Fernando Lobo Carneiro (ed. Marco Zero).
  Essa é uma excelente coletânea de artigos com textos de pesquisadores de diversos países do mundo sobre a obra de Galileu.

# Bibliografia

ALQUIÉ, Ferdinand e outros. *Galileu, Descartes e o mecanismo.* Lisboa: Gradiva, 1987.

BERNAL, J. D. *Ciência na história.* Lisboa: Livros Horizonte, 1976. 7 v.

BONILLA, Luis. *Breve historia de la técnica y del trabajo.* Madrid: Ediciones Istmo, 1975.

BRECHT, Bertolt. *A vida de Galileu.* São Paulo: Abril Cultural, 1977. Col. Os Pensadores.

BURTT, E. A. *As bases metafísicas da ciência moderna.* Brasília: Editora UnB, 1984.

CARNEIRO, Fernando L. (org.). *350 anos dos "Discorsi Intorno a Due Nuove Scienze" de Galileu Galilei.* Rio de Janeiro: Marco Zero, 1989.

DERRY, T., WILLIAMS T. *Historia de la tecnología.* Madrid: Siglo Vientiuno Editores, 1977. 3 v.

DRAKE, S. *Galileu.* Lisboa: Publicações Dom Quixote, 1981.

GALILEI, Galileu. *Diálogo dos grandes sistemas (primeira jornada).* Lisboa: Gradiva, 1987.

________. *Duas novas ciências.* São Paulo: Nova Stella/Ched Editorial/Instituto Italiano de Cultura, s/d.

________. *O ensaiador.* São Paulo: Abril Cultural, 1978. Col. Os Pensadores.

GARCIA, Elena M. *Teoria e experiência no diálogo 'Sopra I Due Massimi Sistemi Del Mondo' de Galileu Galilei.* Rio de Janeiro: UFRJ/IFCS, 1987.

GIMPEL, Jean. *A revolução industrial da Idade Média.* Rio de Janeiro: Zahar, 1977.

GLEICK, James. *Caos, a criação de uma nova ciência.* Rio de Janeiro: Campus, 1990.

KOYRÉ, Alexandre. *Estudos galilaicos.* Lisboa: Publicações Dom Quixote, 1986.

KUHN, Thomas S. *A estrutura das revoluções científicas.* São Paulo: Perspectiva, 1975.

ORTEGA Y GASSET, J. *Em torno a Galileu (Esquema das crises).* Petrópolis: Vozes, 1989.

________. *Meditación de la técnica.* Madrid: Revista del Ocidente, 1939.

REDONDI, Pietro. *Galileu herético.* São Paulo: Companhia das Letras, 1991.

RONAN, Colin A. *História Ilustrada da ciência.* Rio de Janeiro: Universidade de Cambridge/ Zahar, 1987.

ROSSI, Paolo. *A ciência e a filosofia dos modernos.* São Paulo: Editora Unesp, 1992.

________. *Os filósofos e as máquinas.* São Paulo: Companhia das Letras, 1989.

STENGERS, I. *Quem tem medo da ciência (Ciência e Poderes).* São Paulo: Siciliano, 1989.

________, PRIGOGINE I. *A nova aliança.* Brasília: Editora UnB, 1991.

THUILLIER, Pierre. *De Arquimedes a Einstein, a face oculta da invenção científica.* Rio de Janeiro: Zahar, 1994.

## Os
# autores

Graduados em Física pela Universidade Federal do Rio de Janeiro e professores do ensino médio, os autores de *Galileu e o nascimento da ciência moderna* desenvolvem trabalhos de pesquisa nas áreas de Educação e Ciências:

**Marco Braga** — mestre em Educação pela PUC-RJ, com tese na área de Filosofia da Educação. Doutor em Engenharia de Produção pela COPPE/UFRJ na área de História e Filosofia da Ciência. Professor do Cefet-RJ e editor da revista *Tecnologia & Cultura*.

**Andreia Guerra** — mestre e doutora em Engenharia de Produção pela COPPE/UFRJ na área de História e Filosofia da Ciência. Professora da pós-graduação do Centro Federal de Educação Tecnológica do Rio de Janeiro.

**Jairo Freitas** — mestre em Química pela UFRJ, com tese na área de Físico-química. Professor do Colégio Pedro II e da Escola Politécnica de Saúde Joaquim Venâncio (Fundação Oswaldo Cruz).

**José Cláudio Reis** — mestre em Educação pela PUC-RJ, com tese na área de Filosofia da Educação. Doutor em Engenharia de Produção pela COPPE/UFRJ na área de História e Filosofia da Ciência. Professor da rede particular de ensino no Rio de Janeiro.

Visite o *site* do grupo: www.tekne.pro.br
*e-mail*: grupo@tekne.pro.br

# LINHA DO TEMPO

## ANTIGUIDADE

| SÉC. V a.C. | SÉC. IV a.C. | SÉC. III a.C. | SÉC. II a.C. | SÉC. I a.C. | SÉC. I | SÉC. II | SÉC. III | SÉC. IV | SÉC. V | SÉC. VI | S |
|---|---|---|---|---|---|---|---|---|---|---|---|

ARISTÓTELES

PLATÃO

JESUS CRISTO

C. PTOLOMEU

S. AGOSTINHO

PERÍODO ÁUREO DA CIVILIZAÇÃO GREGA

DIFUSÃO DA CULTURA GREGA PELO ORIENTE COM ALEXANDRE MAGNO

DOMÍNIO ROMANO

DESTRUIÇÃO DA BIBLIOTECA DE ALEXANDRIA

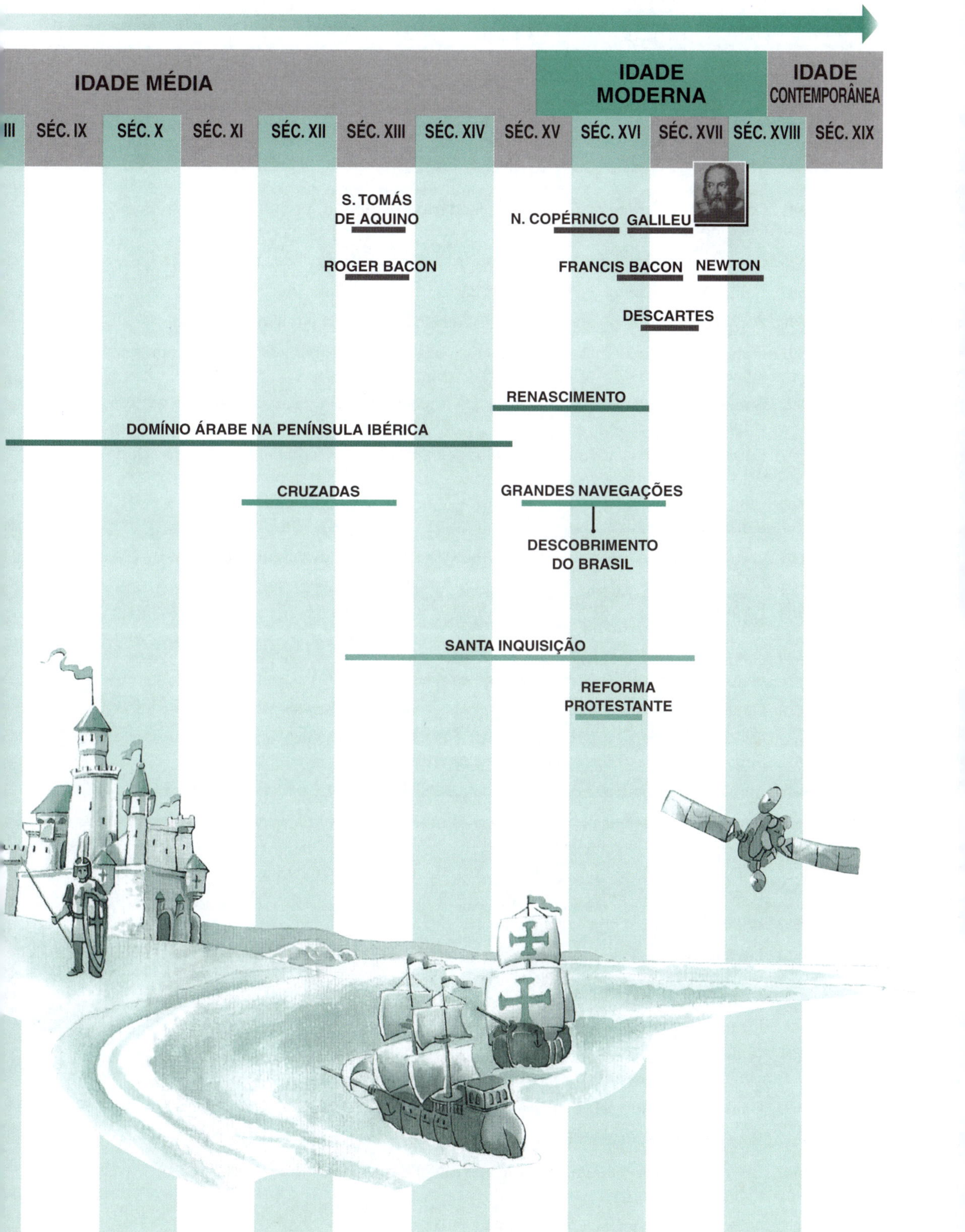
IDADE MÉDIA
IDADE MODERNA
IDADE CONTEMPORÂNEA
III
SÉC. IX
SÉC. X
SÉC. XI
SÉC. XII
SÉC. XIII
SÉC. XIV
SÉC. XV
SÉC. XVI
SÉC. XVII
SÉC. XVIII
SÉC. XIX
S. TOMÁS DE AQUINO
N. COPÉRNICO
GALILEU
ROGER BACON
FRANCIS BACON
NEWTON
DESCARTES
RENASCIMENTO
DOMÍNIO ÁRABE NA PENÍNSULA IBÉRICA
CRUZADAS
GRANDES NAVEGAÇÕES
DESCOBRIMENTO DO BRASIL
SANTA INQUISIÇÃO
REFORMA PROTESTANTE

# A CIÊNCIA NO TEMPO DE GALILEU GALILEI (1564-1642)

**1568** O geógrafo Gerhard Kremer cria o mapa-múndi, com meridianos de longitude verticais e paralelos.

**1577** Tycho Brahe, astrônomo dinamarquês, instala o primeiro observatório astronômico.

**1581** Galileu observa, na catedral de Pisa, que pêndulos de igual comprimento têm igual período.

**1582** Os católicos europeus adotam o calendário gregoriano, proposto pelo astrônomo Christopher Clavius.

**1586** O matemático holandês Simon Stevin cria a notação decimal das frações.

**1589** Galileu realiza inúmeros testes experimentais sobre a queda dos corpos.

**1590** Zacharias Janssen, holandês fabricante de óculos, inventa o microscópio.

**1591** François Viète, matemático francês, cria a utilização dos símbolos $x$ e $y$ para representar as constantes e as incógnitas na Álgebra.

**1592** Galileu cria o primeiro termômetro, baseado na dilatação do ar sobre a água contida em um tubo.

**1597** Libavius, alquimista alemão, descreve, pela primeira vez, a preparação do ácido clorídrico e da água régia.

**1600** William Gilbert, médico e físico inglês, publica seus estudos sobre a bússola e o magnetismo.

**1603** Girolamo Fabrici, médico italiano, descobre a existência de válvulas nas veias do corpo humano.

**1608** Johannes Kepler publica seu livro *Astronomia Nova*, no qual afirma que os planetas se movem em torno do Sol.

**1609** Galileu constrói um telescópio com o qual observa a superfície da Lua. Observa também que a Via Láctea é constituída de estrelas.

**1610** Galileu, utilizando o telescópio, observa os satélites de Júpiter. Estuda também as fases de Vênus e descobre as manchas solares.

**1612** Simon Marus descobre a nebulosa de Andrômeda.

**1614** John Napier, matemático escocês, cria e publica a primeira tábua de logaritmos.

**1620** Francis Bacon publica o *Novo Sistema de Investigação Científica*, indicando o processo que hoje chamamos de método científico.

**1621** Willebrord Snell, matemático holandês, cria a fórmula matemática que expressa a refração da luz.

**1622** William Oughtred cria a primeira régua de cálculo.

**1624** Jan Baptista van Helmont descobre a existência dos gases e estuda o "gás da madeira" (dióxido de carbono).

**1627** Kepler publica tábuas planetárias, as quais aperfeiçoa com a inclusão de tábuas de logaritmos e um mapa estelar.

**1628** William Harvey, médico inglês, publica seu livro *Sobre os movimentos do coração e do sangue*, que representa o início da fisiologia moderna.

**1633** Galileu, ameaçado pela Inquisição, renuncia a suas declarações sobre o heliocentrismo.

**1637** René Descartes, matemático francês, publica *Discurso do método*.

**1642** Blaise Pascal inventa uma máquina de calcular que soma e subtrai.

Fonte: ASIMOV, I. *Cronologia das ciências e das descobertas*. Rio de Janeiro: Civilização Brasileira, 1993.

17. Como funcionou a sociedade comercial criada pelos dois genoveses, conforme o documento das página 44/45?

18. Após ler os comentários da página 46 e o documento da página seguinte, responda: o que era uma comuna e como era formada?

19. Para exercer qualquer ofício numa cidade medieval, era preciso participar de uma corporação. Segundo o documento da página 49, qual era o procedimento para ingressar na corporação dos alfaiates de Paris?

20. Conforme o documento do fim da página 53 e seguinte, as igrejas não eram exclusivamente locais de oração de cerimônias religiosas, pois serviam também para atividades muito diversas. Quais eram essas atividades?

21. O jogo de dados era uma diversão comum na sociedade medieval, mas causava muitas brigas e desentendimentos entre os jogadores. Qual era a razão das multas tão altas e da terrível punição de cortar um pedaço da língua de determinados jogadores, conforme lemos no documento do começo da página 55 e seguinte?

13. Qual é a visão sobre os camponeses transmitida pelos autores dos dois textos da página 35?

14. A mulher exerceu um papel fundamental nas relações de trabalho na sociedade medieval, mas isso raras vezes era reconhecido socialmente. Após ler os dois textos escritos por William Langland, na página 36, descreva as diversas formas de trabalho exercidas por elas.

15. As crenças em magia, superstição e feitiçaria eram muito difundidas entre a população medieval, e isso, às vezes, tinha trágicas consequências. Quais exemplos dessas crenças são encontrados na lei das *Sete partidas*, da página 38, e por que a sua proibição pelo rei?

16. Como o santo inglês Godric de Finchale, visto no documento da página 41, conseguiu prosperidade em seus negócios?

22. Segundo o documento do Terceiro Concílio de Latrão, nas páginas 58/59, qual era o destino que cabia aos leprosos?

23. As Cruzadas tiveram uma origem basicamente religiosa: a retomada da Terra Santa, que tinha caído nas mãos dos turcos. Mas, com o passar do tempo, outras motivações levaram pessoas a participarem nelas. Quais eram essas motivações, segundo o documento da página 65?

24. Quais os motivos que teriam levado o autor – um goliardo – a escrever o evangelho satírico encontrado nas páginas 68/69?

25. O que são os idiomas românicos ou neolatinos?

26. Na Idade Média, a voz tinha um papel imensamente importante na comunicação, pois era por meio dela que se conseguia atingir as pessoas. No texto literário extraído de *O cavaleiro do leão*, da página 79, que expressões indicam essa oralidade?

27. Que condições teriam favorecido o surgimento e a difusão da peste negra em 1348-1350?

28. A crise do feudalismo no século XIV ocasionou o surgimento de graves conflitos entre os camponeses e os senhores das terras, como a grande revolta de 1391, na Inglaterra. Um dos seus líderes, John Ball, em um sermão atribuído a ele, afirma: "Quando Adão cultivava a terra e Eva fiava, onde estava o Senhor?" (página 78). Faça um pequeno comentário sobre o que o autor queria dizer com isso.

8. A maioria das cerimônias da sociedade feudal era marcada por uma série de ritos simbólicos e complicados, tanto profanos como sagrados. Quais os ritos encontrados na cerimônia de contrato vassálico da página 24?

9. A fidelidade mútua entre senhor e vassalo era uma das bases sobre a qual se apoiavam as relações homem a homem na sociedade feudal. No documento da página 25, qual era a punição do vassalo que se recusava a atender à convocação do seu senhor?

10. Uma das instituições mais famosas da sociedade feudal, e sobre a qual girava grande parte dos costumes e da cultura, foi a cavalaria. Qual era a função do cavaleiro segundo o documento do fim da página 26?

11. Durante a Idade Média, a mulher não desfrutava dos mesmos direitos que o homem e tinha funções muito específicas nas linhagens. No documento das páginas 28/29, encontramos uma justificação ideológica da maternidade. Após sua leitura cuidadosa, analise qual era a função da mulher no casamento.

12. O texto extraído do livro *Tratado sobre o amor*, da página 30, defende a ideia de que era impossível haver uma relação amorosa entre os esposos. Além das justificativas expostas no documento, que outra razão poderia explicar essa defesa do amor extraconjugal?

# O DESPERTAR DA EUROPA

## *A Baixa Idade Média*

Atual Editora

Marco Antônio de Oliveira Pais

HISTÓRIA GERAL EM DOCUMENTOS

**UMA PROPOSTA DE TRABALHO**

**Nome:** ______________________________

**Escola:** ______________________ **Grau :** ____ **Ano:** ______________

A Baixa Idade Média representou um momento crucial na história da sociedade europeia, marcada pelo progresso agrícola, fortalecimento do comércio e surgimento das cidades. O deslocamento da civilização do campo para a cidade possibilitou o surgimento de uma cultura dinâmica e diversificada. Nesse período, ocorreram a formação e a consolidação de alguns Estados europeus, preparando-os para a expansão e a conquista que marcaram a história moderna.

### PARTE I – INTRODUÇÃO: A SOCIEDADE FEUDAL

1. Na Alta Idade Média ocorreu uma mudança radical na forma de trabalho, passando-se do regime da escravidão, para o da servidão. Após ler o item "O início da servidão", faça uma comparação entre os dois sistemas.

2. O que representou politicamente o Império Carolíngio e quais razões levaram ao seu desaparecimento?

3. O que significa a expressão "anarquia política" utilizada por alguns autores para definir a sociedade feudal?

4. Após ler o item "Extrema mobilidade", chegamos à conclusão de que o homem medieval gostava muito de viajar, de locomover-se de um local para outro. Quais eram as motivações que levavam as pessoas a deixar seus lares para se lançar pelas estradas e rotas marítimas?

5. A difusão do cristianismo entre os povos pagãos trouxe certas dificuldades para os missionários, pois esses povos já possuíam seus cultos, deuses e locais sagrados. Qual a solução encontrada pela Igreja para conseguir abolir essas crenças e impor as suas?

6. Na civilização medieval, um dos principais meios de comunicação foi a palavra falada, com a qual os religiosos, os jograis e os intelectuais levavam a sua mensagem ao público. Qual a razão desse uso tão intenso da oralidade?

7. Como foi visto no item "Afirmação do direito", o direito feudal não se adequava às necessidades impostas pela nova realidade que se estruturava na Europa. Quais eram essas necessidades e qual o direito que o homem medieval foi buscar na Antiguidade para ajudar a resolver suas questões legais?